〔小說〕

好想大聲說出心底的話。

Beautiful Word
Beautiful World

豐田美加 Mika TOYODA
原作：超平和BUSTERS

少女的言語
造成了許多傷害，
為了不要讓她
再這麼多嘴，
因此
將她的嘴封印起來。

出心底的話。

豐田美加 Mika TOYODA
原作：超平和BUSTERS
〔小說〕
好想大聲說
Beautiful Word
Beautiful World

揚羽高中二年二班。原本愉快地平平凡凡一天過著一天的學生們，
突然被指派一項任務，那就是要負責「地方溝通交流會」的活動。
好麻煩啊、一點都不想要接這種工作——沒想到更令人震驚的是，
導師在鬧哄哄的教室裡丟出一句……「執行委員的人選，我已經決定好了！」

CHARACTER

成瀨 順

從小就是一個開朗、喜歡作夢的女孩，
但因為經常口不擇言、講話不經大腦，
導致家庭變得分崩離析。
突然之間，蛋之妖精出現在她面前，
將她說話的能力封印起來，
從那之後她便過著沒沒無聞、
沒有存在感可言的平淡生活。

坂上拓實

因為發生了某些事情，導致雙親離異，
而他則和爺爺奶奶一起生活。
對於周遭的環境，他總是冷眼看待，
很少表達出自己內心真正的想法。
社團活動的部分，他所加入的是「ＤＴＭ研究會」，
根據同為研究會成員的岩木同學所說，
拓實總是處於「壓倒性的弱勢」。

CHARACTER

仁藤菜月

擔任啦啦隊的隊長，
性格開朗大方的女主角，
在班上的人氣也始終居高不下。
她和拓實及三嶋在國中就已經是同班同學，
但因為某個事件讓她與拓實的距離
逐漸被拉遠……

田崎大樹

棒球隊成員之一，
在前年的地區大賽中，
因為被視為球隊的王牌所以在球場上非常活躍。
過人的資質讓人非常期待他登上甲子園球場的那一天。
然而，不幸的是因為他手肘受了傷，
所以現在就連一般練習都做不到，
只能每天頹喪地看著時間一分一秒過去。

CHARACTER

順的父親

成瀨泉

順的母親

蛋之妖精

在順小時候曾出現在她眼前，是個以蛋的形式出現的妖精。

坂上八十八

拓實的爺爺

坂上真

拓實的奶奶

城嶋一基

二年二班的音樂老師，最常掛在嘴邊的口頭禪就是「這下糟糕了」。

三嶋樹

棒球隊的成員之一，大樹的同班同學。

宇野陽子

啦啦隊隊員，三嶋的女朋友。

岩木壽則

DTM研究會成員之一，拓實的同班同學。

山路一春

棒球隊成員之一，大樹的學弟。

江田明日香

啦啦隊隊員。

相澤基紀

DTM研究會成員之一，拓實的同班同學。

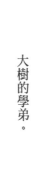

「從前從前，
有一個地方，
住著一個嘴巴
總是閒不下來，
而且很喜歡
做白日夢的小女孩。
那個女孩，
對山坡上的一座城堡
非常嚮往……」

HOTEL SHEEP
WELL COME

儘管嘴巴緊閉，
但內心的聲音卻關不住的順；
個性很溫和，
但卻無法好好表達內心想法的拓實；
單純而笨拙，
緊抱著過往的戀情傷痕不放的菜月；
進軍甲子園的夢想破碎，
因而變得自暴自棄的大樹。

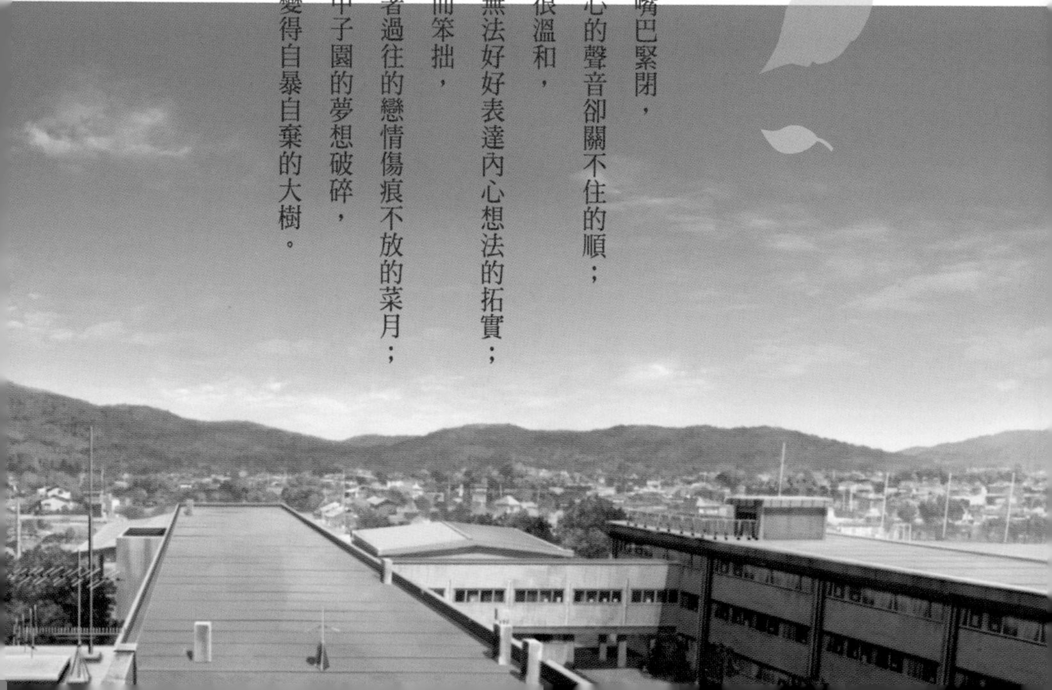

我真的好想大聲對大家說……

田中將賀　繪圖總監督修正原圖集

故事就是從這裡開始的……

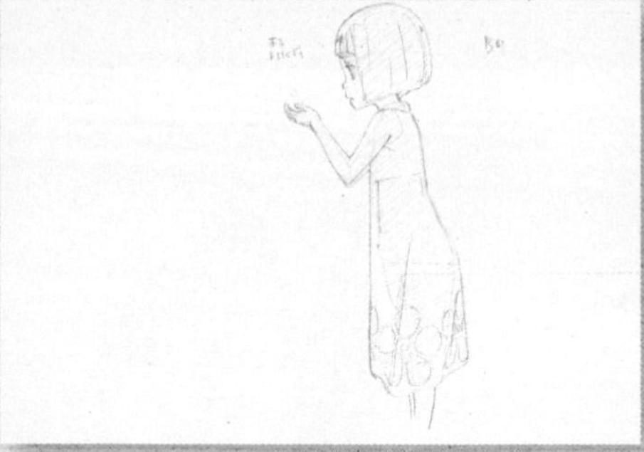

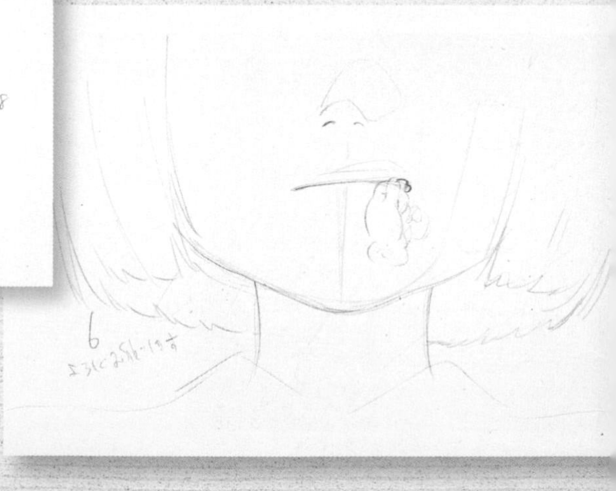

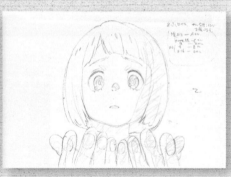

7

5

3.4

よろしくお願いします
3

7
よろしくお願いします

3

10
よろしくお願いします

よろしくお願いします
3

2年2班座位表

書桌
城嶋一基
成瀨
北村
錦織
鈴木
齋藤
涉谷
明田川
高村
清水
石川
三上
岡田
岩木
渡邊
田中
坂上
相澤
栃倉
賀部
仁藤
江田
小田桐
福島
岩田
宇野
三嶋
田崎
←靠窗
靠走道→

1

輕快的音樂聲，像輕柔的風一般，從耳機流洩而出。

中古的房屋、便利商店、參差錯落的田野及稻田、垂放捲簾的小商店——這是隨處可見的市郊光景，再平凡不過的上學必經之路。

從家裡到高中校園，一成不變的路段，坂上拓實騎著自行車，小小聲地哼著歌。

……今天的第一堂課，是要上什麼啊？

一想起這樣的事情，就不由得～呼哇……打了個大哈欠。張開口大大吸了一口氣，冷冽的空氣一瞬間如尖銳的針般刺入肺中。

夏季遠去了，盆地特有的悶熱氣候也畫下句點，今天已經給人入秋的感覺，海邊也早已杳無人煙。不過話雖如此，但其實這個地方並沒有可以讓人虛擲青春的海岸。

這裡只有紅色以及黃色的山坡，將城市及街道圍了起來。

糟糕的是，山林跟大海完全不同，對於青春期的憂鬱，山林可是完全沒有在客氣的。朝著一座山大喊「你這個混蛋！」山也會確實無誤地回應「你這個混蛋！」。

這一帶的山坡地已經被指定為國家公園以及縣立的自然公園預定地。當樹葉轉紅的季節來臨，一整片如畫般的壯麗風景，讓為數眾多的登山客及觀光客，都像傻瓜一樣拿著相機拚命拍照。

這就是拓實生活了十七年的環境。每年到秋天這時候，他所看到的總是同樣的景色，就算是超級大美女，看個三天也會覺得有點膩，對於正值青春期、個性容易衝動的年輕人來說，這樣的美景幾乎不會帶來什麼影響，所以說有多美又有什麼意義呢？

拓實最近深深覺得青春期的衝動真的是很麻煩，因此盡其所能地保持安全距離。

就如同眾人所形容的草食男，長相也很平凡、缺乏特色。

身高不是太高但也不矮，體型不會太胖但也不會過瘦。

身上穿著符合規定的學校制服，頭上頂著天生自然的黑色髮型，不過說起來頭髮有點過長，而且根本沒有好好整理、披頭散髮的樣子一看就讓人覺得無精打采的。

他喜歡用不快也不慢的速度，面無表情地騎著自行車。

沒多久歌曲播完了。那首是「圍圈遊戲」吧。季節的更迭轉移，說起來也不過就是夏季制服與冬季制服的替換罷了。

讓自行車維持著慣性持續前進，手一邊伸進制服口袋把智慧型手機拿出來。

將撥放音樂的應用程式關掉之後，再次將手機放回制服口袋。

「啊啊！」

有一些小小的東西突然從馬路另一頭滾了過來，伴隨著一陣高喊聲，拓實部連忙緊急煞車。

「搞什……」

拓實的腳踏車在玉林寺的石柱前停了下來，在他的眼前所出現的是……

——這什麼啊？

那一瞬間，拓實腦中一片空白。

那些小東西是橢圓形的，有紅色、藍色、橙色及黃色，看來就像要開派對般，顏色非常繽紛，並不是原本應該要有的那種隨處可見的白色。

這些小東西，不管怎麼看都是……

「……雞蛋？」

「小帥哥、小帥哥！趕快幫我撿一下！」

「咦？」

朝著聲音傳來的方向望過去，在通往寺廟的緩坡樓梯上，坐著一個老爺爺。在老爺爺身邊有一個翻倒的箱子，很多東西正從箱子裡咕嚕咕嚕地……

五彩繽紛的雞蛋，每顆都繫著繩子，就這麼一股腦全都滾了出來。

「不會吧……」

拓實從自行車上跳下來站好，並且慌慌張張地開始撿蛋。

本來是要去上課的，結果卻跑來幫老爺爺的忙，不過拓實這也才知道，原來在這座樓梯的上方，居然有這麼一個小小的寺廟。

在這個小廟裡頭，有許多七彩繽紛的彩蛋用細繩吊掛著，當作是垂掛的吊飾。

這些類似復活節彩蛋的東西，究竟是用來做什麼用的呢？

「『話語』……」

「啊！那個……噢，謝謝你喔。」

老爺爺話說到一半就戛然而止，並伸出手接過拓實遞過去的彩蛋。

「這座寺廟裡所供奉的神明啊，非常喜歡說話呢。」

老爺爺一邊說明，一邊將撿回來的彩蛋重新掛起來。

拓實每天早上以及傍晚都會從這條路經過，但儘管如此，他卻完全不知道這裡有座寺廟。不過，他根本就不曾來這邊參拜過，所以不知道也是理所當然的。

「這東西啊，頭和尾都開了小洞喔。人們買了之後會對著彩蛋講很多很多的話，把『話語』都封存在裡頭。」

拓實聞言不自覺看向箱子裡的彩蛋。

把話語……封存在彩蛋裡……

「意思是說，什麼樣的話都可以嗎？」

老爺爺拿起一個新的彩蛋，仔細查看之後，朝拓實遞了過去。

「沒錯，比方說好想要跟某個好女人有所往來，或是好想要揍那個臭傢伙，類似像這樣的話都可以。」

不過老爺爺立刻板起臉來，表示他可不是真的希望拓實這麼做。

「把彩蛋像這樣捧起來，當作是供奉給神明的貢品。」

「是喔……」

垂掛著的彩蛋在秋風的吹拂下，一個個都搖搖晃晃的。

「這樣做了之後，會怎麼樣呢？」

「什麼？」

突然之間老爺爺露出了一臉茫然的表情。接著他看來有些為難地將雙手交疊在胸前，並抬頭望著天空，緩緩地說道：

「嗯，哎呀，一定會有什麼好處的啦……」

「……大概吧。」

睡過頭的人、一早就開始在網路上發文的人、頂著一頭亂髮卻絲毫不在意的人……

在縣立揚羽高中的校門口，各式各樣的學生都匆匆忙忙地跑了進來。

在教室前的走廊，有一群學生聚在一起討論著昨晚的連續劇劇情；有忘記帶課本的學生正在跟隔壁班的朋友商借；還有看起來像是值日生的學生，抱著一大疊資料快步地走著……上課鐘聲響起前的幾分鐘，學生們都在忙碌的狀態下度過。

教室裡滿溢著熱鬧的談話聲及歡笑聲。

二年二班的教室裡也是跟其他班級一樣，騷亂的狀況不遑多讓。

在這樣的狀態下，有一個女同學孤單地坐在靠窗的第一個位置，因為她一直低著頭，所以看不到她的表情。她攤開卡通造型的筆記本，匆匆舞動鉛筆書寫著。

「……」

清潔劑、竹輪、金針菇……在寫著超市採買清單的同一頁，女學生畫了一個奇妙的雞蛋紳士，那個紳士戴著一頂帽沿寬大的黑色帽子，上頭還裝飾著一根華麗的羽毛，臉上則留著希特勒式的小鬍子。

這個奇怪的畫作下方，寫了一行字：

『在蛋哥裡頭，究竟有什麼東西呢？』

這個女學生的名字是成瀨順。

她頂著一頭齊肩的亂髮，嬌小的身材讓人感覺她整個人縮在一起，而且還會畫一些意味不明的塗鴉……這已經是對這個女學生的所有描述。

「嗯，那件事結果怎麼樣了？」

坐在靠窗最後一個位置的棒球隊成員三嶋樹，拿桌子當椅子直接坐在桌上。

「什麼？喔，當然已經沒問題了啊。」

坐在一旁的田崎大樹如此回答道。他也是棒球隊的成員，一百八十公分的身高，剃著一顆大光頭，讓他顯得格外引人注目。

不過，比起這些，眼前最讓人感到好奇的，是他用白色三角巾所包覆、吊在胸前的右手。

「打擊出去！」

大樹用健康的左手模仿揮棒的動作。

「呼哇哇哇！」

下一秒三嶋就尖聲大吼了出來。

「安打！」

三嶋的女友——這個時期的男女交往，基本上都是已經發生過關係了——宇野陽子，坐在三嶋的座位上，圓滾滾的雙眼睜得大大的，澎澎的雙頰上露出了酒窩。

「妳看，這件隊服好可愛喔！」

另外一側靠走廊的座位上，仁藤菜月正在翻閱啦啦隊雜誌。

一頭細長的直髮，嘴邊還有一顆小痣，菜月給人的第一印象就是個美少女。更重要的是她還擔任學校啦啦隊的隊長，真是一個完美女孩。由於她的個性非常開朗陽光，所以無論男生女生都非常喜歡她。

「哪一件？哇！真的耶！整體顏色搭配得好棒喔，這個標誌也是。」

坐在前面座位的江田明日香，留著一頭孩子氣的短髮，聽到菜月的話也湊過來看了看雜誌。

「啊，真的好好看喔。」

菜月、明日香，以及宇野陽子，三個人都是啦啦隊的隊員。

突然，明日香的視線往上移，菜月也在同一時間望向同一個方位。

有一個身影在走廊上快步前進，經過一扇扇的窗戶，大大的背包掛在肩上，整個人彎著腰縮在一起……

「！」

從國中時代就感情甚篤的好朋友，看來是要招來些麻煩了。

菜月把目光再次轉回到雜誌上，若無其事地繼續說道：

「果然只要標誌好看的話，整體看來就會很不錯吧……」

拓實走進教室的同時，上課的預備鐘聲剛好響起。

他的座位是在靠窗那一排從前面數來第四個位置，所以他橫越過黑板前方，經過最前方的成瀨順的座位。

其實說起來是剛剛好能趕上，所以也不見得需要這麼趕……

拓實將書包放在桌上，打開後用手翻找著，似乎是想把課本拿出來。

「早啊小拓，你好晚喔。」

拓實的耳邊傳來呼喚聲。

一張活像小猿猴的臉笑瞇瞇地看著拓實，原來是他的好朋友岩木壽則。坐在拓實旁邊座位的則是另一位麻吉相澤基紀，兩人似乎是在開晨間會議。

「嗯，有點事情……」

彩蛋的插曲就這樣暫且一語帶過。

相澤戴著耳機，正以智慧型手機聽著音樂，並且一邊隨著旋律搖晃著有點微胖的身體。

「哇，很不錯耶！岩木你進步好多唷！」

相澤感嘆地說道。他的臉正中央的地方若有似無地起伏著，掛在鼻樑上的眼鏡就這樣滑落下來，於是他用手指把眼鏡往上推了推。

「是嗎？」

「啊，小拓早啊。」

「嗯。」

終於注意到了吧。

看來一副就是代謝症候群患者的相澤，以及身材非常矮小的岩木，兩人都是拓實的好朋友，更是社團活動的好夥伴。

就在此時，上課的鐘聲正好響起。

「好囉，都回座位上去吧。」

擔任班導師的城嶋，拿著出缺勤登記表敲打著自己的肩膀，緩步走進教室。寬鬆的卡其褲，配上浴室拖鞋，還有一張纖瘦而狹長的苦瓜臉。不幸的是，他是這個班級的音樂老師。

就在城嶋快走到講台時，原本還散落在各個角落的學生們，猶如水果籃中的水果般各自回到了自己的座位。

「那個……關於『地方溝通交流會』，先前一直沒能將執行委員的人選確定下來。由於期限已經到了，所以，現在就要把人選定出來。」

城嶋一開口就這麼說道。

「咦～～」

一時之間埋怨的聲音此起彼落，為什麼要辦「地方溝通交流會」啊，如果把地方這兩個字變成男女的話，相信大家一定會興致勃勃吧……

現場的反應看來還不算太差，班上有許多人都一副事不關己的模樣。

拓實當然也是其中之一，當他面無表情地轉頭望向窗外時，坐在他正後方的明日香立刻提出了反對的意見。

「首先我想問的是，這到底是怎麼一回事啊？我們非參加不可嗎？」

「每一個學級只要有一個班級負責就好了不是嗎？」擔任班長的錦織拓哉接著問道。他擺出一臉非常困擾的表情，心想與其把時間花在這種地方，倒不如多去算一題微積分。

「我在一年級的時候就當過執行委員了……」

手工藝社的北村良子搖搖頭感嘆著自己的壞運氣，她的馬尾也隨之左右擺動。

「反正最後一定是除了城嶋之外，大家都要一起來抽籤決定吧？」

「應該有私下賄賂吧？」

「為什麼要做這麼麻煩的事情啦！」

齁齁齁……齁齁齁……一直抱怨個不停的學生們，就好像一群小豬一樣。

「好了好了，那些不重要的細節就先放在一旁。」

如果要一句一句去傾聽去在乎學生說的話，那高中老師根本就不用做事了。城嶋左耳進右耳出，從講台探出身來。

「有沒有主動想要擔任執行委員的人？有的話，五秒之內報上名來！」

「煩死了啦！」

「搞什麼鬼啊！」

「五、四、三、二、一、〇……時間到。沒人舉手，我想也是──」

才剛覺得城嶋低下頭看來似乎有些失望，沒想到他馬上又抬起頭，從出缺勤登記簿中拿出一張紙條。

「其實……人選我已經挑好了！」

這簡直比現行犯還要可惡啊！

「什麼？沒搞錯吧！」

「我絕對不想要！」

「未免太過專橫了吧！」

城嶋完全無視台下這些小豬們的抗議，拿起粉筆面向黑板。

這段紛亂的時間裡，拓實的心思早就徹徹底底飛到遠處去了，偶然間回神看著黑板，立刻大喊一聲「什麼！」同時雙眼緊盯著黑板。

「坂上拓實。」

在黑板上完整寫下名字之後，城嶋才好整以暇地唸出來。

「成瀨順。」

原本低著頭正在胡亂塗鴉的順，一臉茫然地抬起頭來。看起來似乎還不明白自己的名字為什麼會被叫到。

「田崎大樹。」

「什麼！」

正在用握力器強化左手握力的大樹，在最後一排的位置上大喊了一聲。

一旁正在呼呼大睡的三嶋被他嚇得驚醒了過來。

「仁藤菜月。」

「咦……」

最後被點到名的菜月，看到黑板上寫著自己的名字，當下只有啞口無言可以形容。

「以上。」

把幾個名字都寫完之後，城嶋放下粉筆，轉過身面向教室。

「就麻煩大家啦！」

這樣的強行逼迫真是沒有任何商量餘地。

「小嶋，你太強硬了吧！」

吃驚不已的人和鬆了一口氣的人，全都吵成一團，讓教室變得鬧哄哄的。

「菜月，妳要接下這個任務嗎？」

陽子充滿同情的聲音從背後傳來。

「唔？我不知道耶，這到底是要做什麼的啊？」

比起擔任執行委員，更令人費解的是這個委員會的成員……菜月當下呆若木雞，久久無法言語。

不過說起來，任何人的驚嚇程度想必都比不上順內心所受到的衝擊。

「…………」

雖然沒有人注意到，但是順小小的身體已然完全凍結，而她手上握著的自動鉛筆，則像是有了生命般一直顫抖個不停。

對這四個男女同學來說，簡直只有晴天霹靂足以形容。

「真的假的啦……」

拓實用手摀著額頭絕望地悲鳴著。

這到底是哪門子的懲罰遊戲啊？

拓實心想，明明我就已經盡量在人前保持低調，讓自己像空氣般，或者說是像平凡無奇的壁紙般，安安靜靜地在過日子了……

「也就是說，這次地方溝通交流會的執行委員，小嶋他……」

明日香的聲音從教室後方傳來，好像是要說明現在的狀況給剛剛一直在睡覺的三嶋聽。

「我才不幹呢！」

突然之間，大樹大聲吼了出來，教室內原本嗡嗡作響的吵雜聲瞬間停了下來。

「喂喂，大樹……」

三嶋一臉擔心地看著他這個頂著大光頭的好朋友，同時不忘注意講台上的狀況。

「像這樣的事情，交給那些平常閒閒沒事的人去做不就好了嗎？」

拓實臉上的表情不由自主地扭曲變形。這個從上方俯視的視線也太驚人了吧！

「話不是這麼說，我啊，可是非常正經的老師喔，所以絕不會做出有失公平的事情來。」

城嶋完全沒有換氣，極其流暢地繼續說道：

「時間這種東西啊，對萬物來說都是很公平的，不管是對蚯蚓來說，或是對螻蛄來說……」

「你到底想說什麼？」

大樹用尖銳的話語打斷城嶋的話，從聲音中聽得出來他很沮喪。

對明星投手來說，沒有什麼事情比手肘受傷還要來得難應付了。但是城嶋卻裝作不知情的模樣，聳了聳肩並平靜地說道：

「好好幹啊，因為，這是命令。」

擁有一雙丹鳳眼的大樹，盛怒之下讓眼尾更加上揚了。

「拜託……什麼命令啊，少在那邊擅作主張！」

「等等……」

大樹左手撐著書桌，整個人憤然離座，三嶋連忙慌慌張張地出手打算攔阻他，就在這個時候……

匡噹！

順突然間站了起來。

「？」

班上所有人全都抬起頭來看著她。

順好像在說些什麼似地嘴巴一直動個不停，然而聲音卻完全出不來。

「……！」

終於，順好像下定決心了一般，收緊了下巴。

「我不要……！」

從順的嘴巴裡傳出來的，是猶如尖叫的尖銳聲音。拓實一瞬間驚訝到愣住了。

「……咦，成瀨？」

「會說話？」

驚呼的感嘆聲在教室裡此起彼落。

菜月和陽子兩人面面相覷，而主場光環突然被搶走的大樹，就這麼維持著起身到一半的姿勢。

「原來，她是會說話的啊……」

三嶋無比感動地說道。

從來不曾對任何人說過話，總是一個人自己對著筆記本，不曉得在寫些什麼……沒錯，成瀨順在班上，喔不，應該是說在整個年級，不不不，正確地來說應該是對整個學校而言，都是一個十足的怪咖。

「我……執行……」

想要說出：我不想當執行委員……但聲音就是卡在喉嚨出不來。

哇！

順的額頭流出了豆大的汗滴，毫無血氣的臉龐好像牆壁般僵硬，整張臉可以說是白到不能再白了。

「唔……」

順發出一個短促的聲音，聽來像是在呻吟。緊接著她用雙手捧著自己的肚子，從教室後門跑了出去。

「喂……喂，成瀨？」

順一溜煙地從城嶋的眼前跑走，一下子就跑到走廊上去了。

班上所有同學全都愕然地目送她離開，城嶋則是一副不知所措的模樣。

「唉唷，都是因為小嶋你在那邊無理取鬧……」

「她是不是哭了啊？好可憐喔。」

教室裡頓時掀起一陣責備的浪潮，完全失去出場機會的大樹，只能嘖個一聲然後默默坐回椅子上。

「…………」

原本一直看著後門的菜月，將視線轉向窗邊靠後方的位置，眼神中透露著關心。

拓實用手托著臉頰，沒好氣地看著黑板上所寫的幾個名字。

如果是生活委員啦，或者是說保健委員之類的頭銜，那還可以勉強接受，但是在委員前面冠上執行兩個字，感覺就是麻煩倍增啊！

「到底該怎麼辦啊……」

抱怨的話語不假思索地脫口而出。

到底該怎麼辦……

走出教室漫步在走廊上，拓實嘴裡不斷喃喃重複著心中想說的話，反反覆覆都不曉得念了幾次了。

「喂，坂崎……」

下一堂課要換教室。如果是音樂課或是實驗課的話也就算了，可惜下一堂是英文，得要根據不同程度來分配教室，所以拓實就得要出來換到另一間教室了。真叫人提不起勁。

「什麼坂崎嘛……」

執意呼喊的聲音從身後傳來，拓實停下腳步轉過身來。

結果他看到的那張臉，就是自己的班上同學。

「……我叫坂上。」

拓實喃喃地提出糾正。完全都沒有任何開場白，這人講話真的是無禮到了極點。

「啊，不好意思……念起來差不多嘛。」

大樹將課本插在包覆手肘的三角巾裡，嘴裡儘管說著抱歉，但表情看來完全不是那麼一回事。

「差多了……」

「好啦，不管了，那件事情之後就麻煩你囉……」

大樹說話的聲音徹底蓋過了拓實小小的抱怨聲，說完後他就頭也不回往前走去了。

「……？」

田崎到底憑什麼把事情就這樣丟出來啊。拓實以充滿疑惑的眼神目送大樹離開，內心不禁焦急了起來。

「什麼跟什麼啊～？」

別開玩笑了好嗎！

※

放學鐘聲響起，校園內充滿著青春洋溢的畫面。

因為跑步熱身而汗流浹背的足球隊隊員們。

網球隊的精神喊話響徹雲霄。

穿著運動服的女隊員，雙手抱著好幾罐寶特瓶飲料，但如果是活力十足的男生們應該三兩下就能全部喝光吧。

在體育館裡，開朗活潑的運動社團成員們，正各自認真地進行社團活動，其中一個角落是體育用品室。

在體育用品室的門上，用膠帶貼了一張紙，上頭寫著：

「DTM研究會」

這絕對不是阿宅處男研究會。

DTM，數位音樂，和DTP（數位出版）一樣是英文單字的縮寫，意思是結合電腦與電子樂器，演奏及剪輯出完整的樂曲。

♪噠啦噠噠啦啦啦噠噠……啊嗯～哈啊～

相澤的筆電接上了喇叭，現正撥放著的樂曲曲名是「伊勢佐木町藍調」，那可是距今四十七年前的作品了呢。

藍調樂曲中一聲聲充滿甜膩氛圍的嬌喘聲，都是透過數位音樂的軟體以相對應的波形去混音後製而來。

這個研究會只有在放學之後才會招開，成員目前有相澤、岩木，以及拓實三個人。不過這三個臭皮匠聚在一起的時候，幾乎都是在玩紙牌麻將賭輸贏（難道不是嗎？）

他們把四張課桌合在一起，並在中間鋪上條大手帕，就形成了一個完美的賭桌。

剛上莊的相澤，從自己手中的牌裡頭挑了一張丟了出來。

♪啊嗯～哈啊～

拓實從牌堆中摸了一張進來。

♪啊嗯～哈啊～

不知道為了什麼而滿臉脹紅的岩木，在輪到他摸牌時突然像是再也無法忍受了似的站了起來。

「相澤你不要這樣好不好！為什麼要把薄荷小姐的聲音放到這麼、這麼、這麼不入流的歌曲上……」

其實這首曲子在當年發行的時候，這段經典的嬌喘聲就曾因為「不適合讓小孩聽到」之類的理由而遭到替換，所以岩木這番指責倒也不完全是無的放矢。不過那都已經是遙遠的、遙遠的，昭和年代的事情了……

順帶一提，薄荷小姐是一個以出版數位音樂為主的虛擬偶像，岩木可是徹底發揮了宅男的精神，毫無保留地將所有的愛灌注在她身上。

「你在說什麼啊！『伊勢佐木町藍調』可是非常有名的神曲耶，你懂不懂啊！想要我為了青江三奈小姐跟你吵架嗎？」

相澤邊說邊抽空操作了一下電腦，然後又回到紙牌麻將遊戲上。

「什麼？青江……什麼來著？」

「喂，拓實，你也是這麼想對吧？」
「……嗯。」
原本拓實想要隨便敷衍一下回應了事，不過最後還是臉臭臭地繼續摸牌。
「……拓實，你也太心不在焉了吧。」
氣力放盡的岩木，整個四肢癱軟在椅子上。
「像這種溝通交流會，隨便順順給它辦完就好了吧，反正會來的貴賓也是住在附近的爺爺奶奶而已……」
相澤正經八百地說出他的建議。

♪在你所知道的，橫濱港……

薄荷小姐繼續唱著，喇叭傳來的合成音樂甜得難以形容。
「不關你的事，你才能說得那麼輕鬆。」
拓實嘆了一口氣抱怨道。
「對啊，不關我的事。」
基本上岩木是一個嘴巴很利，說起話來不留餘地的人。
「總之，這次的人選真的都是沒經驗的素人，根本是亂選一通。」
對於相澤一針見血的評論，岩木大力點了點頭。

「嗯嗯，一個是只管躲在自己殼裡的懶惰年輕人。」

「什麼？」

這是在說我嗎？相澤不管拓實的低吟，繼續說道：

「一個是夢想破滅就耍起流氓的棒球隊員，一個是根本沒有開口講過話的啞巴女。」

「我今天還是第一次聽到成瀨的聲音呢。」

岩木現在說的話，就跟三嶋今天早上說得一模一樣。

「最後，就是在班上一直擔任幹部、表現優異的女生。這些個性南轅……北！」

相澤將上頭寫著「北」的卡放到桌上，結果立刻傳來一聲：

「胡了！」

岩木彈跳地站了起來，把自己手上的牌攤開在桌上。

「小四喜——！」岩木興高采烈大喊著，甚至還雀躍地跳來跳去。

「哈哈哈哈哈哈哈哈哈！」

放槍的相澤慌慌張張地把岩木的牌拿起來查看，沒有任何問題，就是個滿貫的台數。

「真的假的啦～！」

拓實斜眼看了一下正抱頭慘叫的相澤，並慢慢把自己的牌放回桌上。

「……我想我還是去找城嶋抱怨一下，商量看看好了。」

拿起掛在椅背上的制服外套，拓實留下爭吵不已的兩人，往門外走去。

「城嶋——！」

……應該無法挽回了吧。拓實把袖子拉到手臂上，邁開大步向前。

朝著教室的方向，拓實邊走邊想著：「呼，這麼說來，我也是第一次聽到呢……那個女孩的聲音……」

這個時候，順正躲在女生廁所裡。

「嗚嗚嗚……」

今天一整天，順都在教室與廁所之間來來去去。

順沒有站到馬桶上去，而是直接坐在馬桶抱著肚子，就這麼等待著腹痛的感覺自己過去。

這是她給自己的詛咒。無法解開的封印。

唧啾……唧啾……

來了多少人呢？廁間外頭傳來充滿活力的聲音，聽來是馬拉松社團的人。

「………」

水龍頭的聲音傳來、廁所門開開闔闔，上完廁所之後聲音陸續往外走去。

鏡子裡的臉，看起來就像恐怖電影裡面會出現的妖魔鬼怪。

……為什麼會發生這種事？

唧啾……唧啾……

「……！」

一陣聲音傳來，好像一股力量推著順的背，讓她不禁抬起頭來。

鏘！球場上傳來令人愉悅的金屬敲擊聲。

三嶋在球被擊出之後，立刻再次投出，餵球給打擊手。

棒球隊正在做打擊練習。

「認真一點啊！」

在一旁排成一列的社員主要都是一年級的新生，輪到打擊的人從幹部手中接過球棒，金屬敲擊聲也再次響起。

「喂！你們的聲音都沒有喊出來啊！聲音呢？」

坐在一壘側邊的長椅上，對著學弟們大吼大叫的人，正是脫下短版制服、身上只穿著T恤的大樹。

「給我認真一點！」

「打到這裡來啊！」

大樹滿臉失望地動了動下巴，接著重重地坐回長椅上。

「真是的，小嶋這個混蛋，怎麼可以這麼隨意玩弄人……」

「可是，能跟菜月一起當執行委員的話，你們之間的距離不就可以縮短許多了嗎？」

三嶋從水桶裡裝取稀釋後的運動飲料，一邊補充水分一邊喃喃說著。

「縮短距離了又怎麼樣呢？」

「唉唷，因為棒球隊的王牌和啦啦隊的隊長，歷代以來都是情侶啊。」

砰！後方牛棚傳來投手練習傳接球的聲音，聽起來就像狙擊槍擊發了一樣。

瞪視著前方的大樹，臉上的表情微微地起了變化、扭曲了起來。

「……現在的王牌，是山路吧。」

重重地閉上眼睛，大樹緩緩吐出學弟的名字。

「啊……不……這個這個……對不起！」

三嶋一臉充滿歉意的表情。

「三嶋！」

夥伴們呼喚的聲音從遠方傳來，真的是時機絕佳啊！

「他們在叫你囉。」

「啊，那我先過去了。阿大你等等也要來參加會議喔！」

看著三嶋小跑步返回球場後，大樹便將目光移向自己包著白色紗布的右手臂。

「…………」

他將右手恢復成原本固定的狀態，拳頭則握得更緊了。

「唉，真教人於心不忍……」

把手叉在腰上的陽子，望著教學大樓的方向說道。

她就站在體育館一出來的飲水機前。

正就著水龍頭喝水的明日香，聽到後發出一聲「嗯？」接著抬起頭來看著身旁的好朋友。

「啊，我是說棒球隊的那個啦，想要進甲子園什麼的，好歹也算是站上了夢想的起跑線了吧。」

明日香關上水龍頭，用掛在脖子上的毛巾擦了擦嘴角的水滴，並站到陽子身邊。以女生來說，陽子的身高算是高的了。

「是啊，多虧了他們，讓我們都有充滿希望的感覺。」

陽子望向天空，一臉沉浸於往事的模樣。

積雨雲慢慢地轉變成鱗狀雲，湛藍且清澈的天空看起來更高更遼闊了。

「我們的球隊是以夏季預賽衝破第三輪為目標，由於王牌選手充分發揮了實力，所以說不定真的有機會可以首度進軍甲子園呢！但是……現在……」

去年的秋季地方賽事，揚高棒球隊殺進前八強，學校走廊的公布欄上，還貼著地方報社報導當時的新聞報紙。

「備受期待的超級新星‧田崎大樹（十六歲）
創大會奪最多三振的紀錄　進軍甲子園不是夢！」

經過風吹日晒的報紙，已經顯得泛黃老舊，就像大樹悲慘的命運一般，令人感到遺憾惋惜。

然而現在這張泛黃的報導旁邊，新貼出來的新聞則提到棒球隊在今年的夏季預賽無緣進入四強。

「明明夢想已經近在眼前了，王牌的手肘卻在這個時候出了意外，真教人難過。」

「別這麼說嘛，小樹對這件事應該感到很震驚吧。」

小樹就是陽子男友三嶋樹的綽號。

「才不會呢，真正感到驚訝、難過的不是小樹，而是我才對！為了大會所做的那些練習，現在全都白費了。」

陽子看來非常氣憤地跺著腳，但這樣的情緒並非來自於小樹。

「啊……」

的確，跟其他人比起來，陽子可說是投入兩倍以上的時間與心力去練習，打著「在甲子園為男朋友加油」的大旗，以啦啦隊之姿站上華麗舞台，這樣的美夢原本已經近在眼前了。

明日香嘴角微微揚起，然後突然就開始手腳並用動了起來。

「嘿吼、嘿吼，嘿嘿吼♪」

她唱的是全國高中棒球資格賽的大會主題曲，旋律雄壯高昂。

「嘿吼、嘿吼，嘿嘿吼♪」

練習、練習，不斷地練習，這就是啦啦隊的精神。

「……嘿吼！」

最後一個姿勢定格之後，兩個人互相看著對方，笑意都已經衝到嘴邊。

「……哇哈哈哈哈哈！」

「哈哈哈哈……」

就在兩人終於忍不住爆笑出來的時候，體育館的入口大門打開了，菜月的臉從門後咻地冒了出來。

「妳們在笑什麼呀？休息時間已經結束了唷。」

「啊，不好意思。」

「我們現在就過去。」

話雖如此，但兩個人的笑意還是沒辦法壓抑下來，因此一轉頭兩個人還是笑到腰都直不起來。

「妳就是像這樣盡做些傻事，才會惹人生氣啊！」

「說什麼啊！妳才是吧！」

……真是拿她們兩個沒辦法，菜月心想，不過，這兩個人怎麼有辦法如此氣味相投呢，真教人感到不可思議。

菜月邊聽著明日香和陽子兩個人的相互調侃，邊嘆了一口氣，並抬起頭望向教學大樓的方向。

叩叩。

沒有任何回應。再敲一次門試試看。

叩叩。

儘管出聲詢問，但樂器室裡頭卻靜悄悄的，沒有任何回應。

「不好意思……」

拓實歪著頭一臉疑惑，因為他才剛從教師辦公室那邊問到他想找的人應該在這裡才對的。

下意識地轉了一下門把，這才發現原來並沒有鎖門。

「咦？」

門就這樣被打開了。

「……不好意思打擾了……」

踏入樂器室的拓實，不由自主地皺起了眉頭。

因為在樂器室裡，滿滿都是樂器，有印度的、中國的、美國的、土耳其等各個國家的民族傳統樂器，另外還有與音樂有關的古董藝術品。

「搞甚麼啊，這房間也太……小嶋是沒人管放縱過頭了吧。」

在房間正中間，居然還放了一張睡覺用的吊床！看來小嶋是徹底濫用了音樂老師的職權，把自己私人的物品帶到學校來了吧。

「嗯？」

在一個放了許多口琴和直笛的架子上，拓實看到了色彩鮮艷的彩蛋。

「又是蛋……怎麼今天跟蛋這麼有緣啊……」

吊床上放了一台手風琴，可能是因為城嶋想要邊躺邊彈奏吧。

拓實將手風琴拿起來看看，出乎意料之外這台手風琴非常稱手，他坐在椅子上，試著隨便彈奏了幾個聲音。

「哎呀……沒想到還能好好地發出聲音來呢……」

拓實對手風琴興致勃勃，手指在琴鍵上來回彈奏，並且「嗯……嗯……」地哼起了旋律。

猛然間他的視線落到彩蛋上，於是便兜上旋律，「雞蛋呀……雞蛋呀……」唱起歌來。

……哈哈。

把有趣的事情用文字表現出來，那麼音樂就會變成一首歌曲。

拓實重新將手風琴拿好，手指再次回到琴鍵上。

優雅又美妙的高格調旋律揚起，拓實演奏著記在心中的樂譜。

——沒錯，他現在所彈奏的正是今天早上的那一首……

♪獻給雞蛋吧……

蛋哥？

順心頭一緊，在音樂教室的前方停下腳步。

雖然歌聲很小，但歌詞的內容的確是如此。

剛才順護著自己的肚子走上樓，途中聽到手風琴的聲音，而這個彈奏手風琴的人，竟然正在唱蛋哥的歌……？

歌聲是從前面一點的樂器室所傳出來的。聽得入迷的順，不由自主地往前踏出了一步，緊接著，又再一步。

躲在門邊的陰暗處往裡頭看，順發現正在自彈自唱的人，竟然是班上的男同學。

當然順並沒有和對方說過話，但好歹還知道他的名字。

他叫坂上拓實。

唱完一小節歌曲的拓實，好像陷入思考似的眼睛望向上方，不過在此之間手風琴的演奏並沒有中斷。

♪獻給雞蛋吧　beautiful words

什麼！

突然間順的心臟好像被緊緊揪住了一般。

♪把話語都獻給上來吧……

啊哈……嗚……

眼前的光景恐怕是夢中也不曾出現吧。從窗戶投射進來的夕陽暖光，照耀在一張發自內心感到開心的笑臉上。

順睜大眼睛看著，連眨眼都忘了，就這麼專心地看著拓實的側臉。

撲通、撲通、撲通……

兩隻手緊緊抓住胸口，全身的力氣都用上了，甚至到了指尖失去血色的程度……

拓實完全沉浸在音樂的世界裡，絲毫沒有察覺到自己已經被一道炙熱的眼光給包圍了。

「獻給……」

正開口要再次演唱的時候……

「咦？」

一個尖銳的男人聲音傳來，讓拓實猛然將頭轉向門口。

他看到了班上導師的臉，以及在導師的前面，站了一個個子嬌小的女生……

「今天高朋滿座啊？」

城嶋開玩笑地說道。

「──！」

直到剛剛的前一秒，順都還盯著拓實看到忘我，因此也晚了一拍才嚇得飛跳起來。

「成瀨？為什麼？」

拓實的聲音似乎讓順陷入了空前的慌張狀態。

順慌忙地輪流望向城嶋及拓實，接著手忙腳亂把手伸進裙子的口袋裡，然後拿出一張紙條大力往城嶋腹部塞過去。

「嗚哇！」

順以百米衝刺的速度一溜煙跑掉，簡直就像動畫裡會揚起一陣青煙似地跑得飛快。

「咦？成瀨……怎麼？這樣就要離開了？」

一瞬間消失的身影，在離去之後只留下了一隻玻璃鞋，喔不是，是留下了一張從行事曆上撕下來的紙條。而這張紙條，現在就在王子——差得遠了，是音樂老師才對——的手上，而不是遺留在唯美的樓梯上……

『請容許我辭去執行委員的職務　成瀨順』

「哇？厲害耶！這是宣告書嗎？真有她的！」

城嶋坐上吊床，邊搖邊若無其事地說道。

的確，成瀨順讓拓實也嚇了一大跳，沒想到她會有這樣的勇氣。

「不過……為什麼要用寫紙條的方式呢？」

「就是說啊，既然能夠說話，那直接用說的不就得了……」

望著順離去之後空蕩蕩的門口，城嶋自言自語般說著。

這時，拓實總算想起自己來到這兒的原因。

「我來也是為了同一件事。」

拓實雙眼冒火瞪視著城嶋。「喔是喔……」他都快氣瘋了但只得到雲淡風輕的一句回應。

「果然，要讓你們看在我的面子上去做是不可能的。除了仁藤之外……」

「嗯，那你就找別人去當嘛，找對擔任執行委員有興趣的人啊。」

拓實毫不留情地說道。

「你就當作是犧牲奉獻吧，因為那孩子說不定會因此而有所改變。」

「…………」

拓實嘖了一聲，眼神順勢飄移。

城嶋微微笑著，從胸前的口袋拿出菸盒，刁上一根，並用火柴將菸點燃。

「你啊，果然是個溫柔的人，不過，這樣的個性必會讓你有所損失吧。」

此話到底從何說起啊？拓實怒氣沖沖，用手大力搧走城嶋所吐出來的煙。

「你是說誰會有損失啊！」

「啊，說到這個，你剛剛很棒耶！」

拓實所講的話根本就沒有被聽進去，況且，「剛剛」指的是什麼啊？

「你剛彈奏的曲子。」

「！」

……難不成全都被他聽光了！

「啊，那個，那只是我隨便……」

為了隱藏自己的害臊，拓實把臉轉向別處去，沒想到城嶋還接著繼續往下講。

「這是環遊世界八十天（around the world）裡頭的歌吧，這麼久以前的電影了，真虧你還知道呢。」

不愧是音樂老師，聽力好敏銳。電影裡的主角，因為跟朋友打賭的關係，以八十天繞世界一周為目標展開了旅程，這首歌正是這齣冒險電影的主題曲。

「嗯，我就是喜歡與音樂相關的事物。」

「唔～……啊！」

突然之間城嶋拉高了音調，好像是想到了些什麼。

「這個主意可能會很不錯喔！」

他把腳高高舉起，然後利用往下放的反作用力，讓自己從吊床上彈坐起來。

就算把若有似無的信賴感全部收集起來，眼下也只有百分之百令人不安的預感。

「音樂劇啊，這不是正好嗎？用在地方溝通交流會上。」

果然，城嶋就這麼邊搖晃邊說出這麼不經後腦的話來。

「……為什麼會變成這樣啊？」

「再怎麼說我也是音樂老師啊，況且往年所舉辦的那些朗讀劇啦，或是大合唱之類的表演，總覺得都不是那麼讓人滿意……」

「夠了，你說得夠多了。」

拓實邊說邊站了起來，並且就這麼頭也不回地往門口走去。

「喂，我啊，是不會輕易放棄的喔。」

為了要追著看拓實往外走去的身影，城嶋探出身子來，結果這麼一來他在吊床上的平衡就遭到破壞，整個人以臉著地摔到了地板上。

「嗚哇！」

呼……呼……

在通往屋頂的樓梯上，強行壓抑著喘息一路向上跑去。

呼……呼……

長期累積下來的那些用不到的備品，堆得像路障一樣，順一路閃避，終於上到了屋頂。

呼……呼……

兩手緊緊握著筆記本，靠在牆壁上稍加整理紊亂的呼吸。

順把氣轉往喉嚨，硬往肚子裡吞。

『被看見了！』

急急忙忙打開記事本，啪啦啪啦一頁頁翻著。

為了寫宣告書而撕下的頁面、寫著「筑前煮」食譜的頁面、紀錄蒸麵包所需材料的頁面……還有今天早上隨筆寫下來的頁面。

順繼續翻找其他的頁面。

記事本上滿滿都是手繪的圖或是文字——而這裡頭其中有一頁寫著一個故事。

『心中的想法，被看見了……』

眼前是一顆戴著帽子的蛋哥，晃動著身體左右搖擺著。

冷汗不斷地從脖子後方快速冒出。

「…………」

順氣力用盡，雙手垂放下來。

秋日炙熱的夕陽已經潛入西山，周遭已經漸漸變暗。

順慢慢地抬起頭看著天空。

和緩的稜線，在稜線上方飛翔的鳥群……

橘色、黃色、淡紫色……天空的顏色無時無刻在變化著。

※

今天還真的是漫長的一天啊。

拓實蹬上自行車，吃力地往前騎，疲憊的身影看起來就像忙了一整天工作的上班族。

騎到家門口前他下了自行車，將車停在大門側邊。一台陌生的白色轎車印入眼簾。

——會是誰呢？

把自行車停妥之後走進了前庭，爺爺就站在庭院內，拓實一邊持續觀察那台白色轎車，一邊跟爺爺說「我回來了」。

「你回來了。」

「嗯，那台車是……」

話才剛說到一半，他就注意到爺爺手裡拿著修理工具，以及另外一台自行車停放在一旁。

「爺爺你在做什麼啊？」

「喔，是煞車出了點問題啦，看來是差不多該換新的了。」

爺爺的雙手因為油汙的關係變得髒髒的。這可是爺爺靠著一雙皺巴巴的手，三番兩次不斷維修保養，並且小心翼翼使用，非常寶貝的自行車呢。

「那你騎我的好了。」

咦？老人驚訝地抬頭看著拓實。

「沒有自行車的話你去學校會很麻煩吧？」

「沒關係的，我用走的去就好了，爺爺你都得去醫院不是嗎？」

「……………」

爺爺沒有再多說什麼，只是望著拓實，臉上露出了帶著些微困擾的微笑。

玄關處的拉門喀啦喀啦地打開了，因為建物老舊的關係，這個門也變得卡卡的。

「我回來……」

問候的話語說到一半就突然停了下來。以三和土為材質的玄關地上，有一雙黑色的低跟鞋就整齊地擺在奶奶的涼鞋旁邊。

「……是的，這些資料每一年都可以做調整與修改，所以請您放心。」

一個流利的女生聲音從待客室傳了出來。

「在我們死了之後啊，到底會有哪些保障啊？」

這次是奶奶的聲音。

「這方面也請您放心，比方說您的孫子……」

「哎呀，小拓，你回來了。」

戴著老花眼鏡正在看手冊的奶奶，突然注意到站在走廊的拓實。

雖然想要偷偷地走過去，但是因為拉門是打開著的，所以恐怕是不可能了。拓實對著奶奶點點頭，說了句「我回來了」，同時也輕輕對著客人點了點頭。

「您好。」

對方也朝著拓實點了點頭。年齡看起來大概四十多歲，根據她與奶奶談話的內容可以得知她就是拉保險的阿姨。

保險阿姨的穿著打扮十分樸素，臉上也未施脂粉，不過從她的五官來看，想必年輕時一定是個美女。

「是您的孫子嗎？」

是的，奶奶這麼回應。

「您的孫子也是揚羽高中的吧。」

保險阿姨的目光自然地回到了拓實的身上。

為什麼會知道拓實是揚羽高中的學生呢？揚羽高中的女生制服是上下皆為白色的水手服，看來非常顯眼，然而男生制服就非常普通了。

……還是說我的臉看起來就長得很像揚羽的學生？拓實心想。

不過，這個疑問一瞬間就獲得了解答，原來是因為領子上的校徽。

「啊，難道成瀨小姐的女兒也是揚羽的學生？」

「唔……嗯……」

為什麼阿姨看起來一臉困擾的模樣，且回答得如此曖昧不明呢？

奶奶看來似乎沒有察覺到異樣，若無其事地問拓實：

「你不認識嗎？成瀨同學……」

「成瀨？唔，成瀨……」

一時之間拓實在腦海中搜尋著同學的名字。

「是順嗎？」

說實在的，如果今天沒在學校發生那一連串的事件，恐怕拓實永遠都不會想起成瀨是誰。

「嗯……是啊。你認識她嗎？」

阿姨的表情看來既疑惑又驚訝，怎麼會這樣呢？

「啊……不，不算認識，只是知道名字這樣的程度罷了……」

拓實的回答有所保留。

「喔，這樣呀。」

順的媽媽眼神中流露出些許不快的情緒，並故意從包包裡拿出新的資料。

「啊，關於剛剛所提到的那個方案，裡頭還包含一個特別的優勢，請您看一下這邊所寫的內容……」

突然之間話題就這麼跳開了。拓實感覺自己好像被單獨遺留在剛剛那個話題裡的感覺。

為了看清楚內容，奶奶戴上了一支老舊的老花眼鏡，並且非常熱衷地翻閱著。

……嗯，總有一天……

拓實一邊嘎吱嘎吱地搔著自己的後腦勺，一邊慢慢走向自己的房間。

和式桌的正中央擺著銅鑼燒禮盒，兩人規規矩矩地把手伸了過去。

吃過晚餐後，一邊喝著奶奶泡好的熱茶，一邊和爺爺一起聽奶奶說話，是拓實每天必做的功課。

每天談話的主題可都是經過精心篩選的，像是附近的狗狗生了小狗、最近葉菜類的青菜變得好貴、某位藝人喝醉酒大發酒瘋導致有暴力行為被警察逮捕了……等等之類的。

「以單身母親的身分獨立養育小孩真的很了不起呢。」

今天的話題是保險業務阿姨的故事，她是標準的單親媽媽，女兒和孫子拓實是同學，這可是個相當引人入勝的話題。

啪啦啪啦地將透明材質的包裝撕開，鬆彈軟嫩的外皮，以及內層的克林姆內餡，在口中一起彈奏出和諧美妙的樂章。

「啊，真好吃！」

「嗯。」

拓實和爺爺對於甜食壓根都沒有辦法抵抗。

「這個銅鑼燒是成瀨小姐送給我們吃的呢。」

奶奶將一只斟滿熱茶的茶杯遞放到拓實的面前。

「看得出來她是個很開朗且話很多的人對吧？聽她說她總是會和朋友講很久的電話，導致於電話費都爆表呢。」

「是喔！」拓實驚訝地大喊了一聲。奶奶對於形容一個人的特色真的很厲害，就像電視裡的偶像明星或是人氣摔角選手，她也能充分表現。

「嗯？」

奶奶喝了一口自己手中茶之後，一臉疑惑地看著拓實，彷彿是在問：「怎麼了？」

趁著這個空檔，爺爺又再拿了一個銅鑼燒。

「啊，我是想說，妳們連這麼個人隱私的事情都會聊到喔？」

拓實隨便敷衍過去，並順勢拿起眼前的水杯來喝。

「哎呀，她可是我們委託交付生命的人呢。」

「喔……」

因為已經想到別的事情去了，所以拓實的回應有些敷衍。

那女孩，原來沒有爸爸呀……

拓實邊喝著茶邊回想成瀨順的臉，不過腦中浮現的都只有順像隻小動物一般，總是畏畏縮縮、欲言又止的表情。

「哎呀，爺爺！你吃了三個太多了啦！」

「唉唷，那是因為這個真的太好吃了嘛！」

「到時候如果你又再被醫生警告的話我可不管喔。」

這對老夫妻每天都會像這樣傻裡傻氣地聊著天，似乎怎麼樣也不會膩。

成瀨順沒有機會看到自己的父母親做類似的互動，拓實也是。

昏昏暗暗的廚房裡，只有橘色的燈像是街上寂寥的霓虹燈般在黑暗中浮現。

嗡……

微波爐發出低鳴，裝在保鮮盒的炒飯正在裡頭團團轉著進行解凍。

順跪在地板上，一臉呆滯地看著眼前的光景。

忙於工作的媽媽，每天都很早就必須要出門，等到三更半夜才回家來。因此不管是白天或是晚上，順幾乎都是自己一個人用餐的。

包含好好保管不能把鑰匙弄丟、去拿回送洗衣物、自己手洗體育服、把用過的餐具洗乾淨、在垃圾收集日的早上把家裡的垃圾整理好拿出去……

媽媽所交代的任何一件事情，順一件都不敢忘記，一一遵守並完成。

噹！微波爐完成加熱工作了。

除了事先煮好放在小碗裡面冰在冰箱冷藏的燙青菜之外，幾樣預先做好、放在保鮮盒裡的小菜也直接放上餐桌。

最後是今天早上喝剩的味噌湯，順用鍋子熱了一下。

雖然順覺得喝冷掉的湯也沒關係，但因為媽媽說過要把食物都溫熱過再吃，所以她還是都照做了。其實，順覺得只要能夠填飽肚子就夠了，從很久以前開始，她就已經呈現一種吃任何美食都不會覺得好吃的狀態了。

順在椅子上坐下來，接著猛然注意到自己正在哼歌。

「……！」

一瞬間順的雙頰變得紅通通。

原來她所哼唱的曲子，正是拓實唱的那一首。

……為什麼腦中會浮現這首歌啊！太讓人害羞了……

儘管內心想法非常自虐，但嘴角卻還是忍不住微微上揚，順拚命地想把嘴邊的笑意壓抑下去。

內心深處覺得搔癢難止，真是一種奇怪的感覺。不知道該怎麼解釋，也不曉得到底該怎麼辦才好。

叮咚！

門口的對講機突然傳來聲音，讓順嚇得全身抖動了一下。

叮咚！叮咚！

媽媽說，今天也要努力堅持到最後，要更早更早出門才可以！

順停止了呼吸，低著頭往下看。

……這一切都是報應吧。

順緊緊抓著椅背，全身的力量都灌注在手指上，彷彿在忍耐著嚴刑拷打。

對講機持續響了一陣子，特地花時間熱好的晚餐，現在也全部都涼掉了。

※

音樂教室裡流洩出溫和柔美的曲子。

「這首歌大家應該都曾聽過吧？」

城嶋在白板前走來走去，指著黑色的麥克筆所寫下的內容一一說明著。

「Over The Rainbow」

一九三九

作詞 Edgar Yipsel Harburg

作曲 Harold Arlen

「這首歌是音樂劇電影『綠野仙蹤』裡頭，最受歡迎的主題曲。」

「我知道！」

「跟著黃磚路走對吧。」

討論的聲音三三兩兩地傳來。

——真的假的啊！

拓實的身體不自覺往後靠，整個背部都靠到了椅背上。

看到拓實的反應，城嶋忍不住笑了笑，感覺上就像是在說：看吧，我就是個不懂得放棄的人。

「沒錯，這是個非常單純的故事，主角桃樂絲飛到了魔法的國度，為了要回到位在堪薩斯的家而想盡一切辦法……」

教室裡有一半以上的學生根本完全沒有在聽，剃著大光頭的田中陸甚至還大聲地打起鼾來。

並肩而坐的三嶋和陽子用智慧型手機熱烈地談情說愛。

一直看著這一幕的明日香，眉宇之間出現了深深的縱痕皺紋，看來一點都不像是個高中女生。

看來整個教室裡唯一有認真在聽的只有菜月了吧。

大樹一如往常非常認真地用握力器訓練著自己的握力，順則是盯著書桌對角線的某一點看。

不過，城嶋講到一個段落的時候，順就立刻把頭抬了起來。

城嶋的眼神拋向半空中，看來似乎正在腦海中整理重點。想好之後他接著說道：

「所謂的音樂劇，就是將豐富的感情融入歌曲中，並且用唱歌、跳舞的方式表現出來。平常不好意思表達的想法與心情，都可以融入在音樂劇裡頭。」

我……順的嘴巴大開，似乎反應了自己的心情。城嶋微笑地接著說道：

「那麼今天就讓我們一起來欣賞這部電影吧！」

湛藍的天空下，七色彩虹的另一端，一定有一個地方可以讓我們深信不疑的夢想一一實現！

那樣的地方，應該會像一座大城堡一樣吧。

不過，「總有一天王子會騎著白馬來接我」這樣的幻想，就算是順也很明白是不可能會發生的。

倘若真的有那麼一個可以讓人實現夢想的地方，相信也只有像桃樂絲那樣開朗積極、富行動力，且能夠堅持向前的女孩才到得了吧。結交許多同甘共苦的好夥伴，就算面對可怕的魔女也毫不畏懼，勇敢地迎向前去！

然而可笑的是，順根本連一個藏身之處都沒有。

蹣跚地走在通往音樂教室的走廊上，順意外地聽到嘈雜的討論聲傳來。

「我說啊，在相澤的字典裡，看來真的是沒有音樂劇這個詞的存在。」

「哎呀，音樂劇啊，該怎麼說才好呢……我每次聽，其實都會覺得肩頸痠痛。」

相澤和岩木就在順前面不遠的地方，兩人邊走邊討論著。

「對啊對啊！演戲的時候好好說話不就好了嗎？為什麼總是要突然就唱起歌來？真是一個難解的謎團啊。」

「話雖如此，不過……」

——這個聲音！

原本一直低著頭看著下方的順，下意識地抬起了頭。

是拓實。

「小嶋也沒說錯，歌曲在某種程度上，真的可以幫助人們更加容易了解彼此內心的情感。」

「！」

不會吧……

這番話所帶來的衝擊讓順停下了腳步。

「哇哈……」

相澤一整個笑到不行，而岩木也立刻跟在相澤後面說道：

「小拓，你還真是總算說人話了呢。」

「是不是被小嶋給毒傻了啊？」

相澤用手肘頂了頂拓實逗弄著他。

「才不是這樣呢！」

被兩人取笑攻擊的拓實，臉整個氣到脹紅，

在這樣的情況之下，他當然沒有注意到存在感很低的順，正站在他的背後。

「不過，歌曲的確是很不錯的東西。」

岩木說道。

「而且原唱者真的相當可愛啊！」

這位擔綱原唱的好萊塢女偶像，一直以來形象都很健康又清新，然而卻因為藥物中毒讓人生在混亂之中畫下句點，如果相澤知道實情的話，不曉得會不會感到幻滅。

「不，我說三次元啊……」

三個人邊說邊走越離越遠，順就這樣站在原地目送他們離開。

噗通、噗通……

心裡感覺好好，暖烘烘的，臉也因此變得脹紅。

……為什麼是他？為什麼只有他可以讓我……

順緊緊地將課本用力抱在胸前，看來就像是為了把咚咚作響的心跳給擋住一樣。

「成瀨同學。」

「？」

自己的名字突然被叫到，讓順嚇得用彈跳的方式轉過身。

站在後頭的菜月停下腳步，整個眼睛睜得又圓又大，好像是因為順激烈的反應讓她也嚇了一跳。

「那個，老師說放學後……呃，妳沒事吧？臉怎麼會這麼紅？」

菜月一臉擔心地看著順的臉，似乎是在擔心她是不是發燒了？

「！」

臉頰通紅？臉頰通紅？不不，沒事的、沒事的！

看著拚了全力不斷搖著頭的順，菜月完全傻愣在現場。

放學的鐘聲在教室以及校園的各個角落響起。

要趕著回家的學生、慢跑熱身中的柔道社社員、一放學就聚在一起約會的情侶……各式各樣的學生從樓梯口走了出來。

終於可以從一整天辛苦的學習中解放，每個人臉上的表情都非常愉快，腳步也顯得輕盈。

「……結果，田崎真的沒有來呀。」

城嶋邊從窗外望向樂器準備室裡面邊說著。從了大樹之外其他的執行委員都到齊了。

「我是有叫他要一起來啦……」

菜月坐在看起來不是很舒服的折疊椅上悠悠說著。

坐在菜月身邊的順，從進到樂器準備室之後就一直盯著城嶋專用的吊床看，似乎覺得非常不可思議。

「這樣也很好不是嗎？反正他一開始就說全部都交給我們了。就這樣趕快做決定吧！」

拓實靠在桌上，看來似乎有點不耐煩。

「不行啦，這可是首次執行委員會議耶，非常有紀念性。」

呼……城嶋嘆了一口氣。

……怎麼樣都可以，趕快把這件事情完成就對了。

可能是察覺到拓實內心的想法，菜月以居中協調的方式說道：

「那個，雖然說要來決定表演項目，但基本上並沒有其他的選擇啊，好比說合唱啦，或是朗讀等等……」

菜月邊曲著手指列舉數個候補選項，但城嶋在菜月說到一半時就出聲打斷了。

「啊，這樣的話就跟以前都一樣了呀！」

真是個神經大條的人啊！拓實的眉頭都皺起來了。

「但是……」

「但是……」

菜月加重了聲音，讓其他兩人都閉上了嘴。

「？」

輪流瞥了大家一眼之後，菜月翻了翻白眼然後看著拓實。

……不妙。拓實用手摸了摸額頭，企圖藉此把臉藏起來。另外一隻手則比出請的動作，催促菜月繼續往下說。

拿到發言權之後，菜月重新開口說道：

「說起來，地方的溝通交流會，重點就是在於互相交流吧？話雖如此，但會來參加的也只是附近的老爺爺、老奶奶而已……」

菜月似乎是覺得就算做出改變，也不會得到什麼效果吧。

不不不……城嶋搖搖頭說道：

「大家有發現上了年紀的人很喜歡五彩繽紛的顏色吧？如果我們什麼都不改變，只想要維持現狀的話，不是太無聊了嗎？」

「…………」

雙手放在膝蓋上的順，突然加重了互握的力道。

「那麼，你還有什麼想說的嗎？」

城嶋笑嘻嘻地指著拓實尖銳地問道。

「這些我都知道啦，但是……」
呼……他嘆了一口氣。
「今天上的課果然跟這個有關吧……」
「上課？」
城嶋的手指越過一臉狐疑的菜月，咻地指向順。
「成瀨，妳覺得怎麼樣呢？表演音樂劇好嗎？」
突然被叫到名字，順的眼神中充滿驚慌。
重新好好仔細看一次，拓實發現順長得算是挺可愛的嘛。突然，拓實想起了順的媽媽，她們兩人的臉長得其實不怎麼像啊……真搞不懂。
「音……」
小小囁嚅的聲音傳來。不知道順是想到了什麼一瞬間心情起了莫大變化，整張臉下一秒迅速脹紅。
……完全搞不懂這個女孩啊。
拓實一臉不可思議地看著順，結果順好像聽到拓實內心的聲音似地也望向了他。兩人的視線一交會，順立刻就習慣性低下了頭把臉藏了起來，並且好像要隱瞞什麼一般用手把嘴巴捂住。
這一連串令人費解的舉動到底是怎麼了？
「成瀨，妳怎麼了？」

因為先前已經有過逼跑順的前科，所以城嶋此時顯得有些慌張。

「喔對了，今天上課的內容是在故意埋伏筆吧？」

走出樂器準備室時，菜月理所當然地說。她似乎是想藉著和城嶋聊天的機會多了解一下城嶋真正的意圖。

「沒錯，也就是所謂的策略。」

拓實稍微往前走一點，並對著菜月回應道。

美術教室前的走廊上，畫架沿著牆壁擺放，占了一大半的走道，讓菜月和拓實兩人的距離不得不靠近了許多。

順則稍微拉開距離跟在後面。

「那個音樂劇，到底該怎麼辦才好？」

雖然菜月很明顯是在等拓實的回應，但他卻默默地自己往前走去。

……最後一次跟菜月說話是什麼時候呢？說實在的，拓實心想，自己實在沒有自信可以好好地跟菜月說話。

過了一會兒，菜月終於說道：

「……坂上同學？」

「咦？嗯……」

看來菜月似乎還是想聽聽拓實的意見。

「反正大家應該還是都會持反對意見吧，現在也還不到認真考慮的時候吧？」

拓實轉向菜月，試著正經地回答。

「說得也是。總之明天大家集合的時候再提出來一起討論吧……」

怎麼覺得菜月說話的聲音聽起來有些開心？是心理作用嗎？嗯……當然是心理作用吧。

……音樂劇，她大概不是很想演吧。

聽著兩個人的討論，其實順心裡也有些意見想要提出來。

因為因為……那時候去找城嶋老師諮詢，意外看到拓實彈奏手風琴的樣子，這樣的畫面一下子就占據順的腦海。

——很好啊，我覺得表演音樂劇很棒。

但是最後，還是跟以往一樣……順什麼都沒有說。臉頰莫名其妙變得紅通通的模樣，應該會讓人覺得很奇怪吧。

「是說田崎同學就這樣退出了，真遺憾。」

順下意識地停下了腳步。站在通往一般教室的走道上，可以看到有幾個一年級的棒球隊隊員正在學校後方廣場聚集。

菜月和拓實也相繼停下了腳步。

「不知道他在跩什麼，明明是在重要時刻弄傷自己手肘，現在根本就是個沒用的人啊。」

「每天來到這邊就是不斷抱怨……山路，不如你去跟他說清楚吧。」

「我才不要呢。那種人，別管他不就好了。」

綁好球鞋鞋帶的山路站了起來，邊戴上帽子邊說著。

「但是……」

就在這時候，二年級的隊員們一起走了過來。

「喂！該去跑操場囉！」

「好喔！」

學弟們迅速大聲回應。

「今天要跑幾圈啊？」

「跑五圈！跑完之後到中間做十次打擊練習！」

「真的假的啊！」

社員之間吱吱喳喳地邊抱怨邊開始跑了起來。

「……」

順眉頭深鎖。感覺就好像被硬逼著吞下了最苦的藥，一點都無法抵抗的感覺。

「……哎呀，這些人好討厭喔。」

菜月的聲音裡也聽得出來非常不高興。

「有什麼想講的話，當著人家的面說清楚不就好了……」

想要大聲喊出來的話語，狠狠揪著順的胸口，儘管她很明白這根本不關她的事。

菜月望著遠方，眼睛瞇成一條線，看來似乎想起了什麼事。

拓實一臉疑惑地看著眼前的菜月，結果菜月一發現拓實正在看她，立刻說道：

「啊，我等等還有社團活動，先走囉。」
「啊，嗯……」
菜月說完之後就站起來離開了，拓實在下一秒也馬上對順說道：
「那個，我也該回家去了。」
順大力地點點頭，發出嗯嗯嗯的聲音，用以代替回答。
「啊……那麼再見……」
因為搞不懂順的意思所以讓拓實的表情看來更加迷惑了，帶著這樣的心情拓實邁開步伐離去。
「…………」
如果是一般人的話，應該就會這樣置之不理任由時間過去吧。
但是……順抬起頭來，像是要追上拓實似地踏出一步又一步。

放學時間已經過了許久，樓梯口的人潮漸漸散去。
教室恢復了平靜，校內還可以聽到運動社團的社員們在遠方活動的聲音。
拓實從鞋櫃中拿出運動鞋，然後把室內拖鞋放進去。這雙運動鞋看來是需要洗一洗了。趁著把鞋櫃的門關起來的機會，拓實往旁邊偷瞄了一眼，結果看到小跑步過來的順，在她自己的鞋櫃前蹲了下來。

……奇怪的人。

順把室內拖鞋放進鞋櫃，然後咻地望向拓實，當然，無可避免地兩人四目相交了。一瞬間兩人就像要逃跑一樣各自移開視線。

順的臉龐被頭髮稍微遮住，但還是看得出來紅得像是一顆熟透了的番茄。

怎麼又來了——拓實感到有些困擾，有點不太想面對。應該要打個招呼嗎？至少應該要對她笑一笑吧……不不不，她跟我又沒有任何關係。

拓實把背包掛到肩上，從順的身後經過，打算就這樣走開。但是……

在猶豫躊躇之間，小小的腳步聲追了過來。

「這傢伙到底想怎麼樣啊？」

拓實喃喃碎念著，心想自己明明一路都加快速度，在樓梯口那邊也是，沒想到……偏偏這段路不能騎腳踏車。

——啊啊！難道說……先別急著否定，重新再思考一下。

拓實想起去找小嶋討論事情的那時候，看到順滿臉通紅、低著頭用手遮住嘴巴的模樣。

「…………」

拓實停下腳步，把臉往後轉。

「那個，成瀨同學……」

雙手緊抱胸前的順，驚訝得凍結在原地。

「難不成，妳是想要表演音樂劇？」

「──！」

順交疊的雙手好像打雷一般喀啦喀啦地震個不停。

看來似乎非常興奮地上半身都挺了起來，嘴巴啪搭啪搭好像有什麼話想說，但聲音卻怎麼也出不來的樣子。

接著，她急急忙忙地把手伸到後面，在後背包的外袋探找。

「咦？怎麼了？」

只見她拿出了一支現在已經很少見的折疊式手機，用肉眼跟不上的速度開始打字。眼前的光景讓拓實呆住了，接著順就突然將掛著護身符當吊飾的手機遞給拓實看。

「咦？」

意想不到的突襲讓拓實無法動彈，眼睛也只能看著手機畫面中的記事文字。

『你在窺探我內心的想法嗎？』

「我……這……什麼？」

完全不明白順這麼做的理由是什麼。但是手機畫面背後的那雙眼睛，認真的程度卻是像百年神木一般難以動搖。

拓實看著順，她則是搖了搖頭，像是做出攻擊之後稍微鬆了口氣一般把手機放了下來。

在順的臉上有那麼一瞬間浮現出不安的神情，但很快她又讓自己強硬起來。

「請你……不要……裝作不知道！」

用非常大聲的音量喊了出來，但卻漸漸越來越小聲，到最後不曉得為什麼甚至還像個雕像一般全身凍結、無法動彈。

「……成瀨？」

拓實驚訝地叫了一聲順的名字，結果順卻突然按住自己的腹部，「嗚哇」地呻吟起來。

「怎麼了？」

這傢伙的狀況看來不太妙啊！昨天的早上也是如此，難道是身體有什麼重大的疾病嗎？順看來非常痛苦，臉部表情都歪斜扭曲了，身體也曲成一團，她用這樣的姿勢開始回頭走回剛剛過來的路線。

「……妳不要緊吧？」

拓實的聲音開始變得帶有擔心的感覺。

結果，順停下腳步，重新想一想之後又走了回來。她一臉蒼白，什麼話也沒說，就這樣緊緊拉著拓實的制服袖子，用令人感到意外的蠻力強拉著他，並開始奔跑起來。

「等一下……成瀨！」

順的外表看起來柔弱溫和，卻沒想到拉人的力氣這麼大。

被順拉著走的時候，拓實突然想起岩木曾經說過的一句話：

——小拓啊，就是對強硬逼迫的方式沒有招架之力啊。

2

四月是順最喜歡的月份。

一個新的學年在四月開始，可以結交到新的好朋友。

而且，群起綻放的櫻花，實在是非常漂亮！

書包裡頭裝著鉛筆盒、課本，還有瞞著大人帶來學校的貼紙收集簿等等，所有東西一起發出窸窸窣窣、嘰吱嘰吱，非常熱鬧的聲音。

今天在上國語課的時候，順的作文被老師稱讚了，這讓她的心情好得不得了。

對於編造一個故事、寫出一篇小說，順可是超拿手的。

每次把想好的故事說給小能和春菜聽，她們兩個都會央求順再多說一點。媽媽曾經說過她很擔心順有「妄想症」，但是……妄想症是什麼啊？

啊，「超平和BUSTERS」那一群小孩正在糖果玩具小店的前面聚集。據說，他們在山的另一頭搭建了一個祕密基地。好棒喔，好像很好玩！順心裡想著，真希望有一天能夠加入，成為他們的一員。

我也好想要嘗試一些小小的冒險。因為，我已經四年級了啊！就算是在上下課的時候稍微繞道而行，應該也不會被媽媽罵吧。

順開開心心地向前衝刺，帶起的風將櫻花花瓣捲到半空中。

『從前從前，在某一個地方，住著一個嘴巴總是動個不停，而且很喜歡做白日夢的小女孩。那個女孩，對山坡上的一座城堡非常嚮往……』

在巨木參天的山上，只看得到城堡的頂端，那看起來就像是聖誕節的三角聖誕老人帽一樣。

「呵、呵、呵……」

一口氣沿著山路直奔目的地的順，氣喘吁吁地肩頭劇烈晃動，在她眼前是一座拱門，而後頭則是一棟純白的建築物，這樣的情景讓順的眼睛整個亮了起來。

……好漂亮喔！真的就像漫畫書裡的城堡一樣！

入口所寫的一些字順還看不懂，不過裡頭所包含的數字應該指的就是入場費吧。若是如此的話，那順就不能隨便走進去了。在亮著的燈箱上有一個字，順在一年級的時候曾經學過，那是「空」。隔壁那個左邊三點水的字她就不認得了。

稍微休息了一下調整好呼吸，順大大地「呼」了一口氣。

她靜下心來想像著城堡裡面的情景。閃爍著耀眼光芒的水晶吊燈、穿著華麗連身裙的女孩正拉著裙襬大大地轉著圈。花枝招展的男男女女，全都旋轉旋轉旋轉……一起興奮地跳舞狂歡。

——啊！那會是一個多麼棒的地方啊！

『每個女孩子的心理都會有個小小的夢想。

希望有一天，我也可以和帥氣十足的王子殿下一起去參加城堡裡的舞會……』

就在順著雙手在胸前十指交扣，整個人沉迷於幻想中的時候，突然有一台車從裡面開了出來。

哎呀！哎呀！怎麼辦才好？順著急地看著四周，然後連忙慌慌張張地躲到一旁的樹蔭裡。

看起來像是城堡裡的客人吧？受不了好奇心的驅使，順稍微探出頭來查看。

幾乎在此同時，有一台車駛出了大門口。

……咦？順歪著頭一臉困惑的表情。她所看到的，是一台黃色的轎車……

下一秒鐘，順看到的畫面讓她的眼睛睜得大到了極限。

「！」

為、為、為什麼……開車的人會是……

「爸……爸爸……」

坐在副駕駛座的是一個正在塗抹粉色口紅的陌生女子。車子緩緩經過順所躲的大樹前面，接著就這樣駛離現場了。

順踉蹌地從樹後走了出來，一臉茫然看著車子離開的方向，看來還完全無法理解到底發生了什麼事。

……剛剛那個是？

順站在路中間面無表情地思考著，突然之間，她緊繃的臉咻地放鬆了下來。

啊啊，對了，一定是那樣……

順開心地用雙手捧住自己的臉，接著高舉到半空中，並且頭也不回地往前衝刺。

順的家在一處社區建案的角落，那是幾年前用預售屋的方式買下來的。以木造為基底，外觀看來是可愛的歐美風格，前面有個小小的庭院，母親在庭院裡種了五彩繽紛的花，正值春季花兒都爭相綻放了。

「媽媽！」

順上氣不接下氣地飛奔進玄關，焦急地把鞋子脫掉，並隨手將書包一拋……

「媽媽！」

跑進客廳之後，順發現媽媽正在廚房做便當。

「哎呀，妳回來了呀。」

「我回來了。媽媽，那個那個……」

順邊說邊環抱穿著圍裙的腰。

「剛剛啊，我啊，發現了一個天大的祕密喔……」

媽媽用筷子夾了一塊黃色的東西，趁著順抬起頭的時候順勢送進她的嘴裡。

「這是玉子燒，吃一口看看。」

「呼、呼……」

剛做好的玉子燒熱騰騰、蓬鬆滑嫩、入口即化。

「好好粗喔！真的好好粗！」

順像一隻小蟲一般開心地動來動去的。

「妳真的很喜歡吱吱喳喳地說個不停呢。再等我一下唷，我現在正在煮晚餐了。」

泉笑笑說完之後再次專注地做起便當來。她在便當的白飯上非常用心地排了「辛苦了」幾個字。

咕嚕。順急急忙忙地將玉子燒吞下去之後，立刻迫不及待地開口說道：

「我啊，看到爸爸了！爸爸從那座城堡裡面出來呢！」

泉拿著筷子正要把小菜夾進去便當裡，聽到順的話之後動作瞬間凝結了。

「城堡？」

「嗯嗯，就是在山上那一座啊。」

順大力地點著頭，一臉沉醉地用雙手捧著胸口。

「爸爸簡直就像是一個王子一樣！」

不知何時在順的腦海裡，爸爸已經化身成為穿著華麗披風、頭戴氣派皇冠的王子了殿下了。那個沒見過面的阿姨就是公主，他們兩人各自騎著馬，很親密地並肩漫步在森林裡。

「不過，可惜公主不是媽媽……媽媽，妳是因為要煮晚餐所以才沒辦法去參加舞會嗎？」

泉沉默了下來，但是順正忙著編織自己的美夢，所以完全沒有察覺媽媽的異狀。

「啊，該不會媽媽其實是魔女吧？不過，就算是這樣也一定是心地善良的魔女。壞心的魔女是更……哇呼……」

順的嘴再次被塞了一口玉子燒。

「順……這件事就這樣，不可以再講囉。」

泉用手抓起玉子燒並強塞進順的嘴巴裡，然後嚴肅地說著，全程都沒有看順一眼。

「灰什麼……」

似乎想要阻止順繼續往下說似的，泉把玉子燒往順的嘴裡塞得更深了。

「……因為，這件事情，不可以跟任何人講！不可以再講了！」

媽媽拿起便當盒，拇指插進了白飯裡。

不可以……再講了？順無法理解到底發生了什麼事，而且嘴裡的玉子燒不曉得為什麼突然覺得吃起來苦苦的……

過了半個月左右的星期天，搬家的貨車終於到來。

「那麼所有的東西全都搬上車了吧，麻煩請在這裡簽名。」

「嗯，好的。」

爸爸看起來一臉疲倦，從搬家工人的手中把筆拿了過來。

『肚子大大的王子殿下，從善良的魔女住的地方離開，要回到哭泣的公主身邊……』

不過，順的年紀還小，不可能理解整件事情的因果關係。

站在玄關往外看的順，怯生生地抬頭看著身邊的爸爸。

「爸爸……」

「那個，爸爸要去哪裡啊……」

爸爸和媽媽都一直說著「沒事沒事」，但是為什麼全家人在七五三女兒節的時候一起去照相館拍的照片，原本放在電視機上面的，現在卻被收起來了。

媽媽戴在左手無名指的結婚戒指消失了，然後今天，終於連玄關的門牌也被拆走了。

「啊，那麼我就先上車了……」

拿到簽名的搬家工人似乎察覺到氣氛不太對，招呼了一聲便先行離去了。

「……嗯……」

爸爸默默無語地回頭看了看家裡，臉上充滿不安的情緒但也莫可奈何。

客廳的窗簾唰地一聲拉了起來，那是全家人一起去挑的碎花窗簾。在窗簾的縫隙，可以隱約看到媽媽的身影。

「啊，那個……如果你和媽媽吵架的話，我可以幫你們兩個人和好。」

爸媽關係生變這類的事情，某種程度上小孩子還算能夠理解。

「這麼一來爸爸就可以像以前一樣……」

「順……妳真的是一個話很多的女孩啊。」

「什麼？」

爸爸的視線從家裡轉到外頭，並用非常不耐煩的眼神看著順。

「全部都是，妳造成的，不是嗎……」

全部、都是、妳造成的……

這句話像是一隻冰冷的劍直接貫穿順的心臟。

父親把凍結靜止的順留在現場，自己迅速回到自己的車子上。

「讓你們久等了，那我就開在前面指引你們。」

撲通撲通撲通……汽車的引擎發出嘈雜的聲音，爸爸的車和搬家公司的車一瞬間就開遠了。

天空、街道、樹木、還有順，全都染上了夕陽的紅色。

「嗚嗚……嗚嗚……」

順在森林步道的樓梯上抱著膝蓋坐著，努力壓低聲音哭泣。

她知道自己不能在媽媽的面前哭，所以強忍著眼淚不讓淚流下，就這麼堅持著直到走到這邊。

「誰是……我的王子殿下呢？請現在馬上叫他來我的身邊幫助我……」

順的雙肩顫抖，說出像是繼續台詞的話語，就在這時候……

「嘿嘿，王子殿下來囉！」

立刻就得到回應讓順驚訝地抬起頭來。

在充當扶手的柵欄上，站著一個奇怪的雞蛋。穿著正式的服裝，留著兩撇小鬍子的蛋哥。頭上戴著用紫色羽毛裝飾的牛仔帽，雙手上則戴著白色手套，並半空中上上下下揮舞個不停……

順嚇了一大跳，立刻把臉又埋了起來。

「為什麼來的不是王子殿下，而是一顆蛋（玉子）啊！」

就字面上來看可能差不多，

雖然很像，但是完完全全不一樣吧！

蛋哥看起來有些困擾的樣子，以傾斜圓圓的身體替代聳肩的動作。

櫻花樹、城堡拱門上、蛋之妖精、庭院的木造平台……這些東西都在順的身邊，但是順的故事沒有其他東西，只有蛋哥。

「我就是王子啊，妳看，只要遮住這個……」

蛋哥邊說邊從一旁抓住一個黑點。

轟！蛋哥立刻變成了一個如假包換的王子殿下。

「對吧？」

「…………」

順抬起頭來，臉上充滿了憤怒，嘴裡不斷吐出抱怨，且說得越來越重。這顆蛋的手腳和稻草人一樣細，還穿著南瓜短褲，看看這個王子殿下啊……

所有該說的不該說的，順全都脫口而出，還握住王子的手激動地動來動去。

「啊！」

黑色的點跑來出來，轟！在煙霧之中，蛋哥再次出現。

「我的王子殿下才不是像你這樣滑不溜丟的，更不會聞起來有臭屁的味道！」

蛋哥一臉平靜地把戴著白色手套的手伸出來，做了幾個大動作讓順能夠看清楚。

「哇！嘴巴怎麼這麼壞啊，妳還真是一個口無遮攔的人。」

「口無遮攔，就連蛋哥也這麼說我……」

順感到受傷，把臉深深埋進手臂，彷彿要把手臂鑽出洞一般。

蛋哥靜了下來，在此之間夜色慢慢地占據樹林。

「……妳往後的人生，恐怕也會像這樣不斷亂說話然後一而再再而三掀起風波吧。」

突然之間，蛋哥以認真的口氣說道。

「因為說過頭了，所以會被奇怪的陌生銷售人員賣掉；因為說過頭了，所以會被灌水泥然後丟進大海……」

「丟……丟進大海？」

順向上彈跳站了起來。

她小的時候曾在游泳池溺水，所以直到現在都還學不會游泳，如果被丟到海裡去，絕對沒辦法自救的。海水淹入鼻腔是非常痛苦的，不能呼吸也非常非常難受。而且，在此之前可能就已經被鯊魚吃掉了吧……

光只是想像身體就不由自主地顫抖了起來。

「沒錯，聽好囉，如果妳不想要自己的人生變得那麼悽慘，那就要把妳那張愛說話的嘴巴給封印起來。」

「封印……」

順愣住了，感覺好難達成的一句話喔。

「是的。」

不知道是怎麼辦到的，蛋哥瞬間移動到順的面前降落，然後很快地用雙手抓住順。

「如果可以徹底將口無遮攔這個壞習慣丟到海裡的話，妳不但不會吸引到一些奇奇怪怪的銷售員，還能與真正的王子相遇，並且一起到真正的城堡裡去喔！」

蛋哥就像舞台上的表演者一樣悠悠地說明著，一雙手反覆不停張開、畫圈，十足像個演員的專業手勢。

「真的嗎？」

順一把將蛋哥捧到與視線平行的高度，眼神中流露出極大的不安。

「但、但是……如果我沒有辦法阻止自己亂說話呢？」

「那麼王子啦城堡啦什麼的，就都會像泡沫一樣幻滅囉！」

「幻滅？」

這個從來沒有聽過的說法又讓順一時之間一臉茫然。

「真的真的會全部都幻滅喔。蛋黃跟蛋白，全都會被打碎像炒蛋一樣。」

順的身體微微顫抖。

蛋黃是順自己，蛋白是環繞在順周遭的世界。

把蛋打入一個大碗裡，用長長的筷子攪拌攪拌，將蛋黃和蛋白混在一起，順、媽媽、爸爸、老師、小能和春菜、加藤老師家所養的小狗雷歐、充填玩具、圖畫書、人偶、學校、自己的家、花圃裡所種的花，還有暑假時最喜歡的動漫節目，一瞬間都會消失無蹤。

全部都會在攪動中消失不見，混在一起後就會變成炒蛋哥

「……怎麼這樣！但是，我該怎麼做到封印這件事啊？」

如果是因為自己的關係而讓一切都消失了的話……因為太過害怕所以順全身不停顫抖。

「那好吧。」

蛋哥用彈了一下手指。

「為了治好妳愛亂說話的毛病，我就在妳的嘴巴上裝一條拉鍊吧。」

蛋哥把手伸出來，從順的嘴脣這一端，唰地拉到另一端。

就像施了魔法一般，一條拉鍊跟在蛋哥的手指後頭出現了，慢慢地拉鍊拉了起來。

順完全嚇呆了，對於自己所發生的事情感到不可置信，然而蛋哥卻是一派輕鬆。

「唔……」

蛋哥盯著順看，黑色的眼瞳中流露出怪異的神色。

就這樣，順著嘴巴就被拉鍊給拉上了，永遠封印起來了。

※

黃昏轉強的風呼呼地吹著。

寺廟裡頭有一顆蛋在搖晃著，令人感到有些可疑。

在樑柱下休息的烏鴉，可能因為聽到風吹過樹林間的嗡嗡聲而受到驚嚇，張開全黑的翅膀飛走了。

「……也就是說，妳在放學回家的路上跑去山上的城堡玩，結果發現了父親出軌的事實。還有……雞……蛋哥？一顆蛋哥跟妳說話的事情。然後……」

拓實坐在玉林寺的樓梯上，一封又一封看著接收到的簡訊——不過不可否認的是，在看這些簡訊的時候拓實內心是帶有一些負面情緒的。

簡訊又傳來了。

『於是，無法開口說話的那個人就誕生了……』

「……原來如此。唔，而且這樣的故事並不是小說改編的……」

『我說的都是實情。』

『當然裡頭多少有些加油添醋啦……』

或多或少，是吧。

「……那個，城堡所指的應該是那一座吧？」

雖然已經沒有營業了，但是建築物還維持原貌，望向山的那一頭就能看到。

拓實把頭轉向斜後方，順就坐在比拓實高兩階的地方。露出認真的表情，拓用力地點了點頭。

「原來是這樣，真厲害啊……」

順開心得全身都僵硬了。

「不過我的意思其實是指不好的方面。」

嘖，幹麼多說這一句！順歪著頭望向拓實。

「總之……妳說我在窺探妳的想法那是個誤會，那時候我所唱的蛋哥的歌，只是我把在這裡聽一個老爺爺說的事情，隨便唱進歌裡……」

讓拓實想起這件事情，順感到有點不好意思。

接著，順又開始認真打起簡訊。那個，拓實出聲呼喚，順應聲抬起頭來。

「我是想說，像這樣用簡訊傳來傳去的，不是很沒有意義嗎？」

拓實打斷順，突然之間……

「我的肚子，嗚……」

好像要把聲音一股腦釋放出來似的，順放聲大叫。接著她用手壓住自己的肚子，臉上的表情痛苦不堪。

「咦？怎麼？妳沒事……吧？」

拓實慌慌張張地站起身，順則曲著身子用單手操作著手機，沒多久拓實的手機就陸續收到了幾則新的簡訊。

『我只要一說話，』

『肚子就會變得非常痛。』

『我想這一定是那個詛咒所帶來的影響。』

拓實再次看著順，「詛咒啊，那個……」他試著俏皮地回答道：

「……原來是這麼一回事……」

除此之外，還真的不曉得該說些什麼才好。

「真的不要緊嗎？」

兩人一起到寺廟正殿側邊的長椅坐下，拓實開口問坐在一旁的順。

『謝謝你 m(_ _)m』

『差不多平靜下來了。』

看完了簡訊之後，拓實再一次看著順。

「這樣啊，那我差不多該走了，妳也小心一點喔。」

拓實才剛站起來要離開，順猛然起身。

「嗯？」

於是他站著等待，而順則是拿著手機似乎又在打訊息了。不過，打了一下子之後順的動作突然停了下來。

「哇哈哈哈哈！」

熱鬧亢奮的笑聲隨著微風傳了過來，樓梯下方的道路有幾個小學男生經過，看來是剛放學的樣子。

「在ABC的樓梯上，螃蟹夾到了大咪咪……」

「大咪咪……」

這群小學生就在這首沒有意義的惡搞歌曲中踏上歸途。

「真是一首無聊的歌啊……不過，也算挺有趣的啦。」

聽到拓實的喃喃自語，順好像得到了些許勇氣似的，再次開始用手機輸入訊息。

『今天所說的事情，你是真的那麼想嗎？』

『你真的覺得歌曲可以傳達人們心裡真正的想法嗎？』

「這……」

拓實歪著頭，視線慢慢地從手機螢幕移向順。

一臉認真的順，流露出無比堅定的眼神看著拓實。雖然拓實還不太了解順想要表達些什麼，但他能夠感覺得到現在的氣氛不是隨便應付幾句就可以了。

拓實將視線從順的身上移開，望向天空。

「關於這件事……我認為歌曲或者是音樂，本來就是為了要傳達些什麼而存在的……成瀨同學，如果妳有什麼想要抒發的想法，是不是也可以用歌曲來表達看看呢？」

相澤或岩木如果聽到這一席話，大概會很想死吧。

「唱歌說不定不會觸發那個詛咒……」

拓實越說越有點不好意思，因此用開玩笑的語氣說著。

「對了……」

說完後拓實再次看著順，結果發現順一臉感動的模樣，嘴唇半開、雙頰緋紅，呆呆望著拓實。

然而下一秒，順倏地轉過頭去，抓起包包後立刻站了起來，接著就這樣頭也不回朝著樓梯啪啪啪地跑走了。

「咦？喂？怎麼了……」

拓實呆呆地站在原地，手裡的智慧型手機提醒他剛收到一則新的簡訊，是順傳來的。

『我的肚子又痛起來了，先回家了。』

到底是怎麼一回事啊，這女孩的表情和做出來的行為完全搭不上啊！

「……唔……」

終究還是無法理解啊。

※

外頭聽得到狗的叫聲。

大概是加藤家養的雷歐吧。雖然是一隻年紀很大的老狗了，但可能是在散步途中遇到了貓，所以才這麼激動。

剛剛經過的速可達機車，是送信的郵差吧？或者是送報的小弟呢？

客廳的窗簾不論什麼時候都是拉上的，所以就算回頭看也看不到外面的景色。在門牌換成媽媽原本的姓氏「成瀨」之後，碎花窗簾也替換成了沉重的灰色。

順身上還穿著制服，就這樣坐在沙發上心不在焉地折著剛收進來的衣服。

從洗衣籃裡拿出毛巾來攤在膝蓋上，然後折三次後往前一放，接著轉了一圈趴躺在沙發上。

她把手伸進去裙子的口袋裡翻找，將手機拿了出來。

『辛苦了，明天見。』

是拓實回覆的信。不管看幾次嘴角還是會不自覺上揚。

順將手機抱在胸口，嘆了長長的一口氣之後閉上了眼睛。

就在這個時候，叮咚，門口的對講機響了。

順嚇了一跳並睜開眼睛。小小幸福氛圍一瞬間就被打散了。對講機的鈴聲持續響著，但身體就好像被鬼壓床了一般動也不能動。

順用力地閉上眼睛，把力量灌注在拿著手機的那隻手，然後睜開眼睛，立刻從沙發上彈跳起來。

「哎呀，妳來找成瀨小姐……」

「就是啊……」

聊天的聲音從外頭傳來，聽得出來聲音的主人是兩個住在附近的歐巴桑。

「我看裡頭的燈明明亮著的。」

啊……剛剛去收衣服的時候，不經意地將窗簾打開了。

「啊啊，不過妳看這裡……我想在家的應該是那個女兒吧……」

充滿惡意的聲音，說著純粹出於好奇的八卦。順的情緒翻攪不已。

她心灰意冷地躺回沙發上，並用雙手摀住耳朵。

總是這樣。結果就是這樣的事情不斷重複，永遠不斷重複著。

把臉埋進用來當作枕頭的坐墊，在等待著外頭的風暴過去之際，不知不覺太陽已經下山了。

——如果妳有什麼想要抒發的想法，是不是也可以用歌曲來表達看看呢……

那時候拓實所說的話……若要說心已經被拓實擄獲，倒也不算言過其實。最糟糕的是肚子又開始痛起來，不如整晚就這樣抱著肚子然後說個過癮吧。

在半放棄的狀態下，順捧著坐墊壓著臉，就這樣轉了過來變成仰躺，然後，全力地唱起歌來。

「獻給……蛋哥吧————♪」

順暫且維持原狀，等待著腹痛感的來襲。

咦？慢慢地放下坐墊，撫摸著自己的肚子，怎麼……好像……不要緊的樣子？

「獻給蛋哥吧　beautiful words　把話語都獻上來吧……♪」

彷彿呢喃一般唱著，拱起身子站了起來，什麼事也沒有……什麼事也沒有！

「我的肚子……不會痛了♪」
緊緊抓住從內心湧出的興奮感，順持續不斷地唱著歌。

※

清晨的球場上，棒球隊的隊員正在努力練習揮棒。
人數全部加起來大概二十多人而已，所以偌大的球場上人影看起來稀稀疏疏的。
「不管說幾次叫大家一定要自動自發早上過來自主練習，但還是都只有小貓兩、三隻，真的是，開什麼玩笑嘛！」
大樹像是要把東西吐出來似的說著，同時一手握著強化握力訓練的球，從他握球的力道就可以看出他到底有多生氣。
在他附近練習揮棒的三嶋，一臉歉意地放下了球棒。
「……阿大，不好意思。」
「什麼？」
「我想，我擔不起這個責任……」
對現在的大樹來說，就算是好朋友說的話，也只會刺激到他脆弱的神經，煽動他的情緒。
「你在說什麼啊，做得好好的不是嗎？」
「但是……」

「你啊，現在可是隊長喔，要好好幹才行啊！」

「……阿大……」

三嶋的表情明顯透露著不安，因為他不曉得大樹什麼時候會情緒爆發。

大樹的肩膀放鬆了下來。三嶋知道大樹一直很在意這些事情，「可惡啊！」他現在心底一定是像這樣在吶喊著……

大樹用力地握著手中的球，好像要把它捏個粉粹才甘心。

原本設定要讓菜月來負責擔任主持人的，沒想到跟城嶋報告過後，卻變成由拓實站上講台掌控大局的窘境。

這時的城嶋卻倚著窗，一副事不關己的模樣。

「首先讓我們來看看候補的項目，有朗讀、創意舞蹈、唱民謠及跳舞、大合唱、阿卡貝拉無伴奏人聲合唱、演戲、英文戲劇等等……」

拓實一一念到的這些項目，都由擔任紀錄的順寫在黑板上。

待在拓實身旁的菜月正看著窗戶外面的景色，臉頰有些發紅。原來是明日香揮舞著小小的手正笑著跟菜月打招呼。

但是，將目光轉移到資料上的拓實，對菜月卻還是無計可施。

「總之，還有我們一開始所討論到的——音樂劇！以上選項我們都有經過討論。所以就從裡面這些來挑……」

「什麼？從這裡面來挑？」

「真的好麻煩喔。」

「去年是怎麼決定的啊？」

站著等待結果的同學們，開始騷動不已，不過，這其實也是可想而知的反應。

「音樂劇我們昨天才剛看過不是嗎？」

「這困難度太高了吧？」

「不管要表演什麼都沒關係，只要簡單就好了。」

漂亮的班花小田桐芭娜，邊大剌剌地修著自己的指甲邊說道。她對於美化外表的追求是沒有限度的，如果不是在弄指甲，就是在弄頭髮，不然就是在弄眉毛，似乎完全不會覺得這樣做是浪費時間。

「確實是這樣沒錯。」

對地方溝通交流會持反對意見的明日香出聲贊同。

「哎呀哎呀，我覺得這個主意還不壞呀。」

城嶋忍不住插了話，可能是擔心事情會往不利的方向發展吧。

「可以去挑戰新的事物是很棒的事情呀。」

理智斷線……拓實心中的不快已經完全反應到臉上的表情。

「什麼叫做這個主意還不壞，不然你來做啊……」

就在拓實嘀嘀咕咕地發著牢騷的時候……

「你是白痴嗎？」

從最後一排的位置傳來怒好的聲音，所有人一致都回頭看著大樹的方向。

「挑戰個什麼鬼啊，這根本不可能做到的好嗎？」

「什麼？」

真是令人感到不快啊。雖然大樹所說的和拓實的想法雷同，但是拓實並不想要一個什麼都沒做的人來說這些。

「什麼都還沒開始呢，所以說做不到也是有點……」

菜月正要點出突破盲點的說法，大樹立刻一副要吵架的樣子出聲打斷。

「當然是做不到啊，不然你們說，要拿那個女的怎麼辦？」

大樹用討人厭的語氣闡述想法，並用自己的下巴指向坐在黑板正前方的順。

「執行委員中有一個不說話的女生成員，這樣的情況下要表演歌曲或是音樂劇也未免太令人費解了，你的頭殼是燒壞了……是不是啊？」

大樹向三嶋說了聲「對吧？」尋求對方的認同。

「啊……嗯……」

儘管表示同意，但看起來實為猶豫不決。

順緊閉著雙脣，強忍眼淚壓抑自己不要痛哭失聲，緊緊相握的雙手劇烈顫抖著。

「田崎你給我等一下！你這傢伙到底在說什麼啊？」

非常具有運動家精神的明日香，最討厭這種針對性的攻擊了。
「啊？這是真的啊。對吧小嶋？把這個派不上用場的人踢出去，重新再選一次執行委員的人選比較好吧。」
看著一直忍耐這些言語暴力的順，菜月的擔憂都寫在臉上了。
「田崎！你不要太過分了。」
就在城嶋橫眉豎眼扳起老師嚴肅的表情時……
「派不上用場的人不曉得是誰呢。」
拓實內心怒氣翻騰，但卻仍平靜地開口說道。
「……什麼？」
大樹的眼睛一直瞪視著前方。
「……你這傢伙，不管走到哪裡都是一個樣子啊。」
雖然有一瞬間露出膽怯的神色，但是拓實還是堅持自己的想法並走回到講桌邊。
「坂上同學……」
儘管聽得到菜月好意勸阻的聲音，但拓實還是頭也不回地向前走去。
他很清楚自己並不是什麼英雄，但是啊，想說但是無法說出口的話語，已經來到嘴邊就要破口而出，但最後還是選擇自己吞下肚……並不是所有人都像大樹一樣，想到些什麼就不管三七二十一直接說出來。
「你想怎樣！」大樹怒氣衝天，倏地從椅子上站了起來。

哇……果然氣勢驚人，緊張感讓人心跳速度變得飛快。

「喂，阿大……」

三嶋的聲音傳來，這麼說來這傢伙可是隊長呢，算了不管了！

「學弟們也都很可憐啊——」

拓實希望說出口的話可以達到最好的效果，如果說力量方面難以抗衡，那至少在言語方面要能夠堅持到最後。

「什麼？你說什麼！」

拓實嘆了一口氣，對著一臉錯愕的大樹說道：

「你的學弟們都在抱怨了呢。說你明明已經派不上用場，卻還是每天踱個二五八萬似的在球場晃，對大家來說真的是造成了非常大的麻煩啊！」

「什……」

大樹細長的眼睛裡充滿了驚訝。他似乎壓根也沒想到學弟們會是這樣在看待他的。

「喂，坂上……你這小子在胡說八道些什麼啊！」

像是被雷打到一般的大樹，呆愣在原地一動也不動，倒是三嶋跳起來代替他發聲，怒氣沖沖地走向拓實。

「哇！」

「這下糟糕了啦！」

一瞬間怒吼的聲音在教室裡此起彼落。

「小樹！」

「什麼都不知道就在那邊大放厥詞、亂說一通，你根本完全都不了解阿大！」

三嶋讓怒氣沖昏了頭，就連熱戀中的女友所說的話也完全聽不進去。他衝上前去抓住一路往後退的拓實胸口，大概是因為怕拓實逃走吧，三嶋一把將拓實揪了起來。

「啊，趕快說點什麼阻止他們啊！」

「喂！三嶋！冷靜下來！」

城嶋慌慌張張地介入兩人之間，但三嶋完全不管，依舊緊抓著拓實。

「等一下……好難受……」

「小拓！」

儘管大喊一聲並站了起來，但岩木又矮又宅，能夠做到這個程度已經算是很了不起了。相澤，以及其他人，可是連站起來的打算都沒有呢。

「喂！快住手啊！到底在幹麼啦！」

在一旁看不下去的菜月也上前來勸架。

「老師，你先放手。」

「不這個有點……」

手不斷揮動的三嶋，緊緊靠在城嶋的身上。

「好難……受。」

「你快點給我住手！喂！」

聽到拓實痛苦的呻吟，菜月不禁哭喊出來。

教室正中央的四人混戰，引發了偌大的騷動，影響所及的範圍還不斷擴大，然而點燃導火線的當事人大樹，卻遲遲沒有出場，完全置身事外。

心急如焚地看著眼前這一場鬧劇的順，突然像是想起了什麼似的，將緊握著的雙手放到額頭上。

她深深地吸了一口氣，然後猛然睜開眼睛，接著……

「喂，你們大家……」

為了制止失控爆走的三嶋，一陣歌聲傳了過來。

「♪我、一定──能夠、做到……」

三嶋的動作瞬間暫停了。

──這首歌是，「around the world」。

難道說……三嶋依舊抓著拓實的胸口，但拓實慢慢地轉頭看著後方。

順雙手捧在胸前，用祈禱的姿勢正在唱歌。

「♪雖然說……會有……不安……」

肩膀顫抖、雙腳有些站不穩，儘管如此還是持續唱著。

清亮通透，非常美妙的歌聲。

三嶋、菜月、城嶋、大樹，以及教室裡的所有人，全都屏氣凝神聽著順唱的歌。

好不容易將頭抬起來並睜開眼睛的順，好像終於發現教室內所有人的視線正集中在她的身上。

「♪但我想……我一定……可以辦得到……………」

順的雙頰紅通通的，聲音也漸漸變小，慢慢地變得像是蚊子嗡嗡的細微聲音，最後她逃也似的跑出了教室。

菜月跟在後頭追了出去。

「城賴同學，等等！」

「……咦，剛剛那是怎麼回事……」

不知道誰說了這麼一句話，然後教室又再次變得鬧哄哄。

「那個，剛剛那個是成瀨沒錯吧？」

「這是什麼？難不成這就是音樂劇？」

「所以剛剛是在做什麼？練習嗎？」

在此之前教室中央的凶狠對決，就像一個曾經紅極一時的偶像劇一般，馬上就被忘光光了。

「三嶋……」

城嶋以冷靜的眼神告誡了一下，三嶋就像是身上的毒氣終於被清除了一般，很乾脆地放開了拓實。

「……不好意思，我剛剛有點反應過頭了。」

「啊，不會，我也是說得太過分了……」

拓實的狀況也差不多。
多虧了順的歌聲，讓眾人剛剛的怒氣都像是退潮的海水般回歸平靜。
因為久久沒有等到兩個人回到教室，所以拓實也加入找人的行列，在走廊上跑了起來，遠處還聽得到菜月擔憂的呼喚聲。
「成瀨同學……」
……真糟糕。聲音從女生廁所裡頭傳出來。
「真的不要緊嗎？我還是去請老師過來吧……」
「仁、仁藤……那個，裡面還好嗎？」
雖然有點擔心遭人側目，但拓實還是在女廁外頭用適當地聲音探問。
「成瀨也跟你一起嗎？她還好……」
「坂上同學……」
幸好菜月從裡頭走出來了。
「喔喔，成瀨呢？」
「在裡面。把自己關在廁間了。」
因為一直聽到哭泣嗚咽的聲音，所以菜月也沒辦法就這樣走開，因此從剛剛到現在一直站在廁間的門前跟順說話。
接著，拓實的口袋裡傳來智慧型手機的震動聲。

慌慌張張地拿出來一看，是順傳來的簡訊。不知道為什麼，拓實覺得讓菜月也看一看訊息的內容會比較好。

『對不起、對不起……』

光從內容就可以想像得到順失魂落魄的模樣。

「咦？這是成瀨同學傳來的嗎？」

菜月的表情看來非常驚訝。

「啊啊，昨天有跟她……」

因為還是比較在意躲在廁所裡的順，所以拓實先略過說明。簡訊又傳來一封：

『對不起我剛剛不該自以為是地說了那些話。』

透過簡訊的畫面彷彿可以看得到順不斷哭泣的樣子。她總是這樣，會把所有的問題都歸咎在自己身上，日後也會一直這樣下去吧。

拓實再看了廁所一眼，然後開始回覆訊息。

『我也感到很抱歉，是妳救了我呢。肚子會痛嗎？』

拓實等待著順的回信，而菜月則在一旁不安地看著他。

很快地，手機收到了順傳來的訊息。

『不會痛耶！』

『真的不會痛耶！』

『跟坂上同學說的一樣……』

『用唱歌的方式就不會痛了！』

一時之間拓實還搞不懂順在說甚麼，後來才猛然想起自己在玉林寺所說的那些無聊的台詞。

如果妳有什麼想要抒發的想法，是不是也可以用歌曲來表達看看呢？

「……原來是這樣啊。」

拓實鬆了一口氣，嘴角上揚露出了微笑。

「坂上同學……」

不知道來龍去脈的菜月，只能在一旁一臉疑惑地看著拓實。

「……原來是這樣啊，昨天原來發生了這麼多事情。」

利用午休時間，拓實將玉林寺所發生的事情大致向菜月做說明。不過，關於山上的城堡所發生的那段故事則省略沒提。

「……然後呢？」

「嗯？」

菜月將便當盒用單手夾在腋下，接著蹲下身從自動販賣機裡頭取出果汁，站起來之後就不自覺地笑了。

「不過，後來成瀨同學有回來上課真的太好了。」

「只是教室裡的氣氛變得有點奇怪就是了……」

「是沒錯。」

「嗯，那我去社團活動室吃飯囉。」

一起走過連接兩處的走廊之後，拓實對菜月說道。從這裡可以直接走到中庭去。

「啊，嗯……」

走了幾步之後，背後傳來菜月有些落寞的聲音。

「……成瀨同學的歌聲，真的很好聽呢……」

「嗯……」

拓實停下腳步，看著腳邊被風吹得不斷舞動的落葉，接著慢慢地抬起頭看著天空。

晴朗的湛藍天空。距離屋頂又高又遠的地方，像是被梳子刷過一般的雲輕柔通透地流動著。

「總覺得……我好像也不是無法理解那個女孩的心情……」

「唔……」

「……我也是一樣，有些事情我很想說出口，但卻怎麼也說不出來……」

「…………」

兩人之間，枯黃色的秋風咻咻地吹過。菜月輕柔飄逸的秀髮被風吹得胡亂飄動。

「……嗯。」

菜月把髮絲壓住收攏，並順勢低下頭。

看起來就好像因為後悔而腦中一片空白的模樣。

※

才剛把手搭上社團活動室的大門把手，就聽到裡面傳來的歌曲。

♪我、一定——能夠、做到……

這是……拓實帶著滿滿的疑惑打開了門。

「咦，這首歌是？」

「原本的編曲也做了許多編排，所以這裡頭……」

相澤和岩木各自在自己的電腦前忙著做事。

「啊，小拓……」

「哇！狂野的老大現身了！」

岩木馬上就潑了一盆冷水。

「誰是老大啊。」

「不，事實上你替成瀨出頭真的很帥耶，不是嗎？」

相澤笑呵呵的，拓實發現他活像愛麗絲夢遊仙境裡的笑臉貓。

「比起這個，」拓實問道。「剛剛那首歌曲是……」

好像等這個問題等了好久了似的，相澤看了岩木一眼，然後兩人不約而同地一起笑了起來。

「這是今天成瀨在課堂上唱的歌，我們稍微做了點編曲合成。」

相澤用自己的電腦把作好的曲子再次撥放一遍。

「為什麼這麼做……」

「聽了成瀨唱的歌之後，突然之間就有了這樣的靈感。」

岩木說道。

「對啊。DTM也是可以做像是音樂劇之類的歌曲的。」

相澤露出得意之色，下巴抬得高高的。

「把漫畫的台詞之類的，套上適當的編曲，這應該會非常有趣啊。」

「哇！不錯耶！拿獵人來做吧！獵人！」

「唔，不覺得有點不夠特別嗎？」

「才不會哩！」

儘管眼前這兩個人越講情緒越沸騰，但拓實還是自顧自地看起電腦來。

♪我、一定——能夠、做到……　雖然說……會有……不安……　但我想……我一定……可以辦得到……

畫面中的薄荷小姐，正在唱著順所唱的歌，不知怎麼的，感覺就是非常奇妙。

真的是很奇妙的感覺。

混在放學的學生隊伍中，在這個明亮的時間點就已經要步出校門了。

「阿大！」

走在圍牆上的大樹，聽到有人叫他名字立刻回過頭。

「唷呼。」

穿著球隊制服的三嶋，在釘鞋沙沙的聲音中跑了過來。似乎是從球場的另一頭發現比其他人高一顆頭的大樹正走往校門口。

「阿大，那個，今天的社團活動你……」

三嶋呼吸紊亂，話說得有些辛苦。

「不好意思，今天有點事。」

「……如果你是因為對坂上所說的那些話很在意，大可不必啊！」

「才不是呢！」

大樹倏地把頭轉開，他不願回想起那些話語。

「真的是因為有別的事情得去處理，而且我也跟教練報告過了。」

大樹這麼說道，並且擺出有些困擾的表情。
「……啊，這、這樣啊，那麼，掰掰囉……」
三嶋似乎對自己這麼快就要說再見感到有些不恰當，於是下意識地往下拉了拉棒球帽的帽沿。
看到自己的好兄弟露出這樣的神色，大樹胸口彷彿被針戳刺一般發疼。
「小樹！」
突然一聲充滿愛意的呼喚傳來，聲量之大完全沒有在顧慮場合是否恰當的。
「今天也一樣，社團活動結束之後我會到便利商店去等你喔！」
陽子站在另一頭的走廊上，大力地朝著三嶋揮手。儘管其他的啦啦隊成員就站在她的身邊，但她壓根就沒在管。
「好啦！」
三嶋似乎想要藉著怒氣沖沖的語氣來掩飾自己的害羞，可惜的是明眼人一看就察覺了。
「陽子，趕快走了啦！」
明日香板起臉說道。
「唉唷，不要忌妒我嘛。」
「誰在忌妒妳啊……」
明日香忿忿不平地率先走向前去。
走在團員最後面的菜月，突然轉頭望向大樹和三嶋。

肌膚白皙光滑，隆起的胸部從遠方就能看得很清楚。很明顯的，菜月的外表比其他女孩都還要漂亮。

大樹也說了聲「掰掰」，接著轉過身背對三嶋。

「坂上今天會這樣，說不定也是想要表現給菜月看吧。」

三嶋的視線還停留在走廊上，悠悠地說著。

「什麼？」

「啊，我跟那兩個人國中也是上同一間學校，在國中的時候……」

大樹眼睛睜得老大，完全無法相信三嶋的話。

「哇，好餓啊！」

「我們到便利商店去吧！」

結束社團活動之後，學生們吵吵鬧鬧地踏上歸途。

「啊！吃味噌烤薯球啦！烤薯球！」

菜月穿過這一群飢腸轆轆的男學生們，快步衝向車站。

夜幕低垂，馬路上的街燈陸續點亮，車站對面的水泥工廠大樓，現在也關門休息了。

「糟糕，電車已經進站了！」

如果錯過這班車的話，下一班就得等很久。

從書包的袋子裡將車票ＩＣ卡拿出來，快速通過自動閘門之後，在發車的警告鈴聲中快速衝上樓梯。

——應該可以在最後一刻趕上！

邊激烈喘氣邊衝進月台的菜月，猛然停下了腳步。

「…………」

咻嗶！電車車門關上，緩緩地開始前進了。駛離月台之後，電車立即加速朝著東南方飛馳而去。

「……為什麼妳不上車呢？」

大樹獨自一人坐在空晃晃的月台長椅上。

菜月調整自己的氣息，並用手撥了撥亂糟糟的劉海，然後才回答道：

「……你也是啊，在做什麼啊？為什麼還留在這邊……」

大樹將被靠在長椅的椅背上，像是很累似的把腳往前伸展。

「唔……因為如果我這麼早回去的話，我媽會嚇一跳的。」

「什麼？」

「……不打球了之後，時間就好像停止了一樣。」

令人意外地，大樹露出了極其認真的表情。一向都對自己信心滿滿的他，竟然會說出這麼洩氣的話來，真想不到啊。

低潮的話語說完之後，大樹又恢復成原本愛抓弄人的眼神，開玩笑地說道：

「喂，如果妳也很閒的話那跟我在一起吧，我們一起去山上的城堡，要不要？」

「城堡？」

菜月的臉頰一瞬間就變得火燙通紅。

「……什、你亂說甚麼啦！那個，是汽車旅館吧！」

啐了一聲後菜月立刻轉過身去。「這個男人在搞什麼啊？」她心想。

「怎麼可能跟你去啊！況且，那邊早就在去年倒閉了啊。」

「妳倒是很清楚嘛。」

大樹抓出菜月話裡背後的意思，讓她的臉變得更紅了。

「這、這是因為，大家都這麼說我才知道……」

「跟我在一起吧。」

「就說……」

原想直接回應的，但是菜月觀察到低著頭的大樹側臉，完全沒有任何開玩笑的神情。

短暫時間的沉默之後，菜月開口說道：

「……不行。因為我有男朋友了。」

「什麼？誰啊？」

大樹很難得感受到了心痛的感覺。

像這樣的狀況，如果是陽子的話應該可以輕易就說謊帶過吧，而明日香則是在被告白之前就會離對方遠遠了吧。

但是菜月的個性就是非常認真，所以根本不會說謊。

「……祕密。」

迫於無奈菜月只能這樣回答。

果然這樣的說法並沒有辦法讓大樹接受，他一臉不服氣的表情看著菜月。

「……那，妳跟坂上進行到什麼程度？」

菜月緩緩地抬起頭。

她並沒有很驚訝。跟她同一所國中畢業的人有好幾個，明日香和三嶋都是，所以大樹知道她和拓實曾經在一起的事情，一點也不奇怪。

「妳跟那傢伙一起去過城堡了嗎？」

大樹壞壞地笑著。

「……連手都沒有牽過呢。」

這傢伙真討人厭。菜月一臉怒氣地回應。

說是交往，但其實也是在人煙稀少的小巷角落會合，然後並肩一起走回家，如此而已。彷彿剛降下的新雪一般嶄新純白的戀情。

「甚至，我連他的 E-mail 帳號都不知道。」

倒是有別的女生知道呢，菜月心想。想起拓實看著順傳來的簡訊那一臉笑意的表情，菜月內心不禁掀起洶湧暗潮。

「這樣也能稱得上是在交往嗎？」

大樹一臉驚訝地說道。

「夠了吧。」

菜月再也受不了了，移動腳步離開原地。

「妳要去哪裡啊？」

「去搭巴士。下一班電車可是要等三十分鐘以上呢。」

背後傳來大樹「哼」了一聲。

不能跟他在這邊耗時間了。必須趕快回家吃完媽媽準備的晚餐，還得要趕快完成令人頭大的英文習題。

一路快步走到樓梯的前方時，菜月突然停下了腳步。

……如果說時間彷彿停止了……那麼大樹會坐在那張長椅上多久呢？

——啊啊！真討厭想要插手多管閒事的自己啊！

「如果你想要殺時間的話，那不如來地方溝通交流會幫忙吧。」

「什麼？」

「事前的準備工作非常繁雜，所以我想一定可以讓你消磨很多時間的。」

背對著大樹說完這些話之後，菜月踏上樓梯離開了。

目送菜月離開之後，大樹轉了個身在長椅上躺了下來。

「可惡……」

我還真是沒用啊……

夕陽還沒完全下山，月亮就已經迫不及待升上半空了。

沒問題的，我可以做到！

順手裡握著手機，坐在昏暗的玄關。

雖然說心裡的感覺非常亢奮，但還是想不通自己為什麼要做出這種蠢事。

睜開眼睛的時候，映入眼簾的是每個人臉上都掛著驚訝的表情。

窘迫到無計可施，順只能衝進廁所躲著，但如果地上有洞的話，順希望自己可以鑽進去。潛進深深的洞穴底部，像隻鼴鼠一般一輩子都在裡頭生活。這麼一來就不會造成任何人的困擾了。

順心想，如果沒有再次碰到拓實的話……然而……

「妳幫了我大忙。」拓實這麼跟她說。

順加重了握著手機的力道。

時間差不多了。隔壁阿姨來拜訪的時間差不多就是這時候，昨天如此，前天也是。

果然沒錯，大門上的玻璃小窗前看到有人影晃過去，感應式自動亮燈的照片設備也啟動了。緊接著，門口對講機響了起來。

「……………」

我辦得到，一定沒問題的！

趁著這股氣勢站了起來，同時間自行車的煞車聲也響了。

「哎呀，又要找成瀨小姐？」

跟前幾天一樣，只見過幾次面的歐巴桑又來串門子了。

「那該怎麼辦才好呀？這次是我們這個社區的會長要……」

聲音聽起來非常困擾，但卻蘊含著些許惡意。

如果是以往的順，大概會感到非常受挫吧，但是今天可大不相同了。

喀啦……順把門打開，雙眼直直地看著歐巴桑，強硬的言語在嘴邊集結呼之欲出。

由於太過緊張了，所以說不定看起來尖銳多刺、不怎麼友善。

「喔，哎呀……」

歐巴桑看來有些膽怯、有點驚訝，對於自己的行為覺得有些不妥似的，一臉有口難言的表情。

「……好的，這個月的社區會費我確實收到了。」

收下順交付過來的現金，並放進附有拉鍊的袋子中。看到這個畫面，順才終於能夠鬆一口氣。

即使是順，也是能夠完成一些事情的。儘管不能好好說話，但只要想做的話就……

「哎呀，妳媽媽，都好晚回家喔。」

原本以為歐巴桑應該準備要回去了，沒想到還是主動上前搭話。

「保險業現在不好做吧？會買的人應該很少了……」

……怎麼辦怎麼辦。順就這樣站在門口，一雙手像隻小蟲般不停動來動去的。

「啊，對了，順在學校都好嗎？」

歐巴桑完全不管順的不知所措，繼續喋喋不休地說著話。

「我家的那個應該是明年就要考試了吧？讓他去讀妳那間學校應該不錯吧？」

順在連帽T恤的口袋裡找到手機，並且大力地握著，接著一鼓作氣將力量集中在嘴巴上。

好……順抬起頭正打算要回應歐巴桑的話，就在此時有一台車停在家的前面。

白色的小型車，是泉的車，順的媽媽回來了。

啪噠一聲車門打開了，泉慌慌張張地下了車。

「晚安，那個……」

「哎呀，妳回來了，沒有啦，我是為了我們社區的會費……」

「啊，不好意思……」

泉焦急地關上車門，並且一邊從肩上的包包裡拿出錢包，一邊小跑步靠了過來。

「這個月的我還沒給對吧。最近真的太忙了，那麼……」

泉作勢要打開錢包，但歐巴桑立刻出手阻止。

「啊，錢我已經收到了。」

「咦？」

「對吧？小順……」

聽到自己的名字被呼喚了，順身體震動了一下，尷尬地低下了頭。

「那我就不打擾你們了。」

「啊，好的，辛苦您了。」

送走要返家的歐巴桑之後，泉回頭看著順。

用責怪的眼神看了一眼順之後，泉頭也不回走進玄關。

「……我不是說了嗎？媽媽不在的時候妳不可以出門來的。」

下意識地避開順，泉和順背對背站著，說話的過程中完全沒看順一眼。

把包包大力地放在玄關的台階上，猛然地坐了下來。

「真是丟臉。」

「！」

「大家都在亂傳說妳是個不會說話的孩子，這麼多八卦流言，媽媽我已經……」

泉眉頭深鎖，用手扶住額頭。

順好像要求救似的，將顫抖的雙手伸進口袋掏找手機。

假裝的笑容、無法實現的約定、鞋跟嚴重磨損的低跟工作鞋、已經穿舊了的套裝制服。在許多令人不耐的因素中，最讓媽媽理智斷線的，就是順了。然而，那是就算想要捨棄也無法置之不理的親情。

「啊，車子……」

在泉抬起頭的同時，順立刻飛奔出玄關。

「順！等等！妳要去哪裡？」

順從停在停車格裡頭的車子前面經過，然後像是要甩開媽媽的聲音似的，開始往前全力衝刺。

「…………」

泉站起身來，卻完全提不起勁去追順，她按著疼痛的太陽穴，疲累的感覺油然而生。倒在一旁的包包中，掉出幾本保險資料。

「唉……」

泉的側臉浮現出沉重的疲倦感。

拓實單手提著購物袋，從馬路邊的便利商店中走出來。

為了以防萬一，他把手機拿出來，再確認一次奶奶交代他的購物清單。

「嗯……燈泡、養樂多、早上喝的果汁、醬油……ＯＫ！」

一開始其實奶奶只是要拓實出來幫忙買個燈泡而已，但想一想這個也沒了，那個也用完了，所以要買的東西就不斷變多，幾乎每次都是這樣。

回到手機的首頁畫面，稍微想了一下之後，拓實打開順傳給他的簡訊。

「如果是唱歌的話……就……」

他的腦海中突然閃現順在鬧哄哄的教室裡引吭高歌的身影。

面無表情地看著手機螢幕時，音效突然響起，新的簡訊傳進來了。沒想到，就是順傳來的。

「……哇？這是什麼啊？」

拓實轉了轉脖子。

『從前從前，在某一個地方，有一個沒有什麼錢，頭腦也不是很好的少女……』

以這兩句話為開頭的故事，文字密密麻麻地占滿了整個手機畫面，按住螢幕往下滑了滑，沒想到像捲紙一樣文章不斷往下延伸。

「真長……」

結果，沒多久下一封新的信又接著傳來。

「哇！還有？這……」

從便利商店走出來的客人都紛紛對拓實投以異樣的眼光，於是他也趕緊走往步道避開人群。在這段短短的時間裡，簡訊依舊不斷傳送過來。

「呼，等一下啦！這實在是……」

當他正想要回信的時候，新的一封就又來了。

「到底在搞什麼啊？」

正在想辦法要跟上對方的速度時，就又傳來一封。

好不容易打了幾個字打算要發出去，結果順所傳來的最後一封訊息讓拓實的手停了下來。

『請把我所寫下來的故事，寫成歌吧。』

「把故事……寫成歌？」

拓實的眉頭緊緊皺在一起。

有一台公車從眼前的馬路通過。

稍微認真思考了一下之後，拓實的答案是：

「……我不知道可不可行耶……」

「那個……」

朝著突然傳來聲音的方向看過去，順就站在大約距離十公尺左右的公車亭裡！

穿著灰色連帽T恤的順，手裡拿著平價麵包，腳上踩著的不知為何竟然是歐巴桑在穿的那種人字拖鞋。

看來她應該是從剛剛到站的公車上下來的才對，然而她卻用雙手撐著膝蓋，肩膀隨著喘息不斷抖動。

「那個，我想要像蛋哥的歌那樣把故事編成歌曲！」

成瀨挺直身體，一口氣大喊了出來。

「成瀨？」

「把我的……想法……我真正想要傳達的故事……」

順現在的樣子看起來就好像是剛出生的小馬正在學習站立的那個瞬間，結結巴巴地努力把想講的話榨出來。

「……變成好聽的歌……」

終於，身體不堪負荷，順露出了非常痛苦的表情，儘管如此她看來似乎還是想持續努力把事情完成。在她的額頭上冒著豆大的汗滴，這點拓實倒是已經看得很習慣了。

「變成歌？」

順壓著肚子在原地蹲了下來，身體沒有規律地胡亂搖晃。

「咦？喂、喂……成瀨！」

這不知道自己已經是第幾次了……拓實趕緊跑向順。

「喂，過來這裡吧，要小心走喔。」

拓實出聲呼喚之後，順就彎著腰蹣跚地走了過去。

「拓實？」

廁所的方向傳來聲音，接著一手拿著削皮器，一手拿著馬鈴薯的奶奶現在走廊上。

「啊！」

這情形，該怎麼說明才好呢。

順彈也似的抬起頭來，然而……馬上又因為肚子太痛了而彎下腰去壓著肚子。她的臉色發青，額頭上冒出的汗宛如瀑布一般。

「先不要急著打招呼了，從這邊直接走到底！」

拓實慌慌張張地指著走廊的另一頭，順立刻啪搭啪搭地跑了過去。

「……是你的朋友嗎？」

爺爺也在奶奶的身後探出頭來。說了聲「你回來了」之後，爺爺便叫奶奶別什麼東西都要請拓實買。

「唔？啊、嗯……好啦……」

就在這個時候爺爺突然注意到，在便利商店的袋子中……

「啊！燈泡！廁所！啊……等等啊！」

拓實三步併作兩步衝向前去。

平常不太會流露出情緒的拓實，今天的狀況倒是難得一見。爺爺和奶奶不由得面面相覷。

3

洋裝的下半部是蓬蓬裙，裙襬一層又一層地疊加上去，配合輕盈的華爾滋舞步，整體顯得蓬鬆翻揚。

喜歡做白日夢的少女，非常憧憬每個晚上在城堡裡所舉行的舞會。

然而事實上，那個舞會是用來處罰罪人的地方。

那些人為了補償自己所犯過的罪，不得不接受跳舞跳舞不斷跳舞直到死亡的詛咒。

為此，少女犯下了罪行，沒有任何猶豫。

儘管她知道這個令人不安的實情，但她還是很希望自己可以去參加這個舞會。

少女犯了各式各樣非法的事情，然而不知道為什麼完全沒有人來找她興師問罪。

我永遠都沒辦法去參加舞會了——少女感到無比絕望。

在一片只看得到幾顆星星的闃黑夜幕中，城堡也隱身黑暗，此時，一顆謎樣的蛋哥出現在少女的面前。

蛋哥的臉部肌膚光滑無瑕，卻浮現出懷有惡意的笑容，並且一步步地誘惑著少女。

他說，在這個世界上最重大的罪行，就是「用言語去傷害他人」。

突然之間，少女的身體開始扭曲變形，還從張得大大的嘴巴裡不斷冒出荊棘來。荊棘為周遭的環境染上了血紅的顏色，並且不斷增加擴大，直到整個世界都充滿了那個令人毛骨悚然的血的味道。

就是這樣。

少女相信了蛋哥所編造出來的惡作劇，到處去散播所有她能夠想得到的壞話，傷害了人，也遭到嫌棄——當她察覺到不太對勁的時候，她就已經失去了說話的能力了

「……呼。」

拓實總算把長長的簡訊看完了。

在此之間，順就坐在客房桌子的對面，並側著身子呈現出正確的跪坐姿勢。大部分的時間她都欲言又止地低著頭，偶而不經意地偷看一下拓實，若是四眼相交她又會慌張地低下頭把臉藏起來。她就這樣不斷重複著這些動作。

這個女孩就這樣經歷了新奇有趣的蛋哥冒險故事……

察覺到拓實可能已經看完所有簡訊，順將自己的手機拿出來，並立刻開始輸入訊息。沒多久她就將雙手伸了出去，讓拓實可以看到手機的螢幕。

『我試著用發生在我身上的事情為基礎，改寫成一個新的故事。』

「真是讓人感到不安的一個故事……那最後的結局是怎麼樣呢？」

順茫然地呆愣了一下之後，接著沙沙地開始搖著頭，然後再次發送簡訊。

『總之故事先寫到這邊，最後一幕的開場目前還沒有……』

她低下了頭，看起來有些不好意思。

看著順的臉，拓實思考著。她提到的「真正想要表達的想法」到底是什麼呢？

就在這時候，奶奶笑著走了過來，手裡捧著一個托盤，上面放著裝有可爾必思的玻璃杯。

「妳好啊，不嫌棄的話就喝點飲料吧。」

早就已經緊張兮兮的順，如今更是慌忙挺直了背，並且點頭鞠躬向奶奶回禮。

「妳是成瀨小姐的女兒吧。哎呀真的耶，眼睛超像的。女孩子果然是不錯啊……」

雖然順巧妙地將眼神移開，但還是拚了命抬著頭。不過，在奶奶自己越說越高興的情況下，順的雙頰越來越紅，頭也漸漸低垂了下去。

拓實在心裡下了個決定。

「奶奶……我可以用一下樓上的那個房間嗎？」

「咦？喔喔，那當然沒問題啊。」

奶奶的表情非常驚訝，不過那也是理所當然的事情，因為拓實上一次踏進那個房間，都不知道是幾年前的事情了。

拓實拿著托盤，上頭的玻璃杯已經開始有水珠凝結。他走向上樓的樓梯。

順跟在他後頭，好奇但又侷促不安地四處張望。

大概是覺得像這樣的老房子很稀奇吧，也或者是單純因為到了別人家所以感到新奇。

拓實下意識地在樓梯前方停下腳步。

他強行把從內心深處湧上來的苦味壓抑下去。

「……………」

像是為了切換自己的心情，他轉頭看著順並露出微笑，接著才終於踏上樓梯。

「不好意思，要小心走喔。」

嘰……房門的零件發出了聲響。下次一定要替門上點油才行，拓實心想。他走進房間裡，然後將電燈打開。

「裡面請。」

跟在拓實的後面，順怯生生地走進房間。進去之後順立刻就跑到「綠野仙蹤」音樂版海報的前面，饒有興致地專心看著。然後，順站在原地環顧一下房間四周，直到此刻她才「呼～」地放鬆下來。

房間裡面有一整面的書櫃從地上一直延伸到天花板，架上塞滿黑膠唱片。音響喇叭、層層疊放的樂譜，然後占據房間其中一個角落的，是一台黑色的直立式鋼琴。

「這裡是我爸爸的房間。他對音樂很有興趣。為此我也跟著學了鋼琴，雖然我沒有特別想學啦……啊，妳到那邊坐下吧。」

順點了點頭，然後羞怯地走進沙發。

拓實就這樣站著，並將手伸向鋼琴，手指在鋼琴蓋上輕輕滑動。

——沒有任何一點灰塵。

「……是奶奶吧……」

順一邊看著拓實臉上所浮現的微妙笑容，一邊在沙發上坐下來。

拓實則在一次看著書櫃上的唱片。

「這裡也有不少音樂劇類型的唱片，像雞蛋之歌的原曲這裡也有。我啊，沒有辦法從無到有把歌曲創作出來，所以都是找現有的曲子然後隨便把歌詞搭上去，嗯……例如說……」

他在椅子上坐下來，並將鋼琴的蓋子打開。

順拿起裝有可爾必思的玻璃杯打算要喝，但拓實的舉動好像出乎她的意料，讓她的眼睛睜得老大。

「剛剛收到的那些故事內容，其中那一段，我想可以試著……」

拓實將手機立起來代替樂譜，一邊在腦中回想著幾首樂曲的旋律，一邊幫手指做按摩暖暖身，畢竟，他已經有兩年半沒有碰鋼琴了。

接著，他將手指放到琴鍵上，壓了一下之後「♪咚」的清亮鋼琴聲響了起來。

♪咚……咚……咚……彈了幾個音試一下音準之後，拓實便一口氣彈了一整段的音樂。

然後，他口中喃喃自語，尋找著適合切入的點，並將歌詞融入輕快的旋律中。

♪氣派的城堡裡，紳士與淑女一同參與的那個舞會，每天晚上都重複著這樣的事情……

彈到一個段落後，拓實一臉輕鬆地回頭看著順，臉上的表情彷彿是在說著「大致上就是這種感覺吧。」

順立刻回望拓實，手上的飲料一口都還沒喝到，她小心地把玻璃杯放回桌上，然後猛然站了起來，非常讚嘆地大力鼓掌著。

她熱烈拍手的程度已經讓拓實感到有些害羞了。

「妳太誇張了……歌詞可是妳寫的呢……」

因為有點不好意思所以拓實的視線稍微移開，然後很快又回到飄回順的身上，並且噗哧一聲笑了出來。

閃閃發光的雙眼、紅潤的雙頰，還有像是猴子敲鈸玩具般用百倍以上的速度飛快地拍手著。

像這樣獲得正面的肯定，而且是非常直接易懂的讚美，是拓實的初體驗。

……真是太有趣了。

看到拓實努力壓抑自己嘴角的笑意，順慢慢地減緩自己拍手的速度，並投以一個詢問的眼神。

「……不好意思。沒有啦，成瀨妳啊，就算沒有唱歌，也是一個很容易被看穿的人啊。」

「！」

才沒有這回事！順滿臉通紅地用力搖了搖頭。

順用豐富的表情和誇張的肢體動作來代替嘴巴表達自己的想法。

「哈哈哈哈，所以我才會這麼說啊……」

拓實抱著肚子開心地笑起來。

……到現在還是無法置信。

順坐在乘客稀少的公車上，靠著窗隨著車行搖擺，並看著窗外發呆。

她剛不僅到拓實同學的家裡打擾許久，甚至最後還一起、一起、一起吃了晚飯！

那時候順一直不斷搖頭拒絕，但拓實的奶奶卻笑笑地說著「請不要客氣」。

一回神時順發現自己右手已經拿著筷子，左手也捧著飯碗了。

爺爺、奶奶、拓實，以及順……四個人圍著餐桌坐下，吃著美味的馬鈴薯燉肉。口感軟嫩、用料樸實，但令人意外的是好吃得不得了。

看到順滿足的模樣，奶奶再次開心地笑起來，這讓順的雙頰紅通通的，就像爺爺在庭院裡種的聖女小番茄一樣紅。

雖然順完全有說過半句話，但是卻沒有人在意這件事，席間奶奶毫不間斷地一直在說話，所以晚餐就在平順自然的氛圍中畫下句點。

爺爺和拓實也只是當了最佳接話員。

在對爺爺奶奶的招待表達感謝時，順深深地低頭鞠躬，幾乎到了頭快要碰到地面的程度，然後才終於離開。

「……那個，沒有人來接妳回去真的沒關係嗎？」

送順到馬路邊的公車亭時，拓實靠在圍牆上問道。
嘴邊的笑意瞬間消失了，站在步道護欄的另一側，順憂鬱地喃喃自語著。
「這樣啊……」
拓實基本上什麼都沒有聽到。
在便利商店前面閒晃的幾個男高中生，哇哈哈哈地發出低級的笑聲。
「……明天也必須要好好地跟仁藤談一談。」
拓實邊用眼角餘光看著遠方開過來的車燈邊說道。
……談什麼事情啊？順的眼神流露出這樣的疑問。
「就是地方溝通交流會，我們想要表演音樂劇這件事。」
順並不明白拓實話裡的意思，只是將身體轉向他所在的方向。
「所以妳的劇本，要好好地把最後的部分寫完喔。」
就算這麼說了也沒有得到正面回應，順只是呈現呆愣的表情，曖昧地點點頭罷了，這讓拓實的臉上多了一分苦笑。
「成瀨同學妳真正想要表達的想法，要好好寫出來喔。」
「！……」
拓實所說的話，就好像為乾燥的沙漠注入清涼的水一般。
順動了動下巴，感動之情溢於言表。滲透進乾燥沙漠的水源，似乎就這樣變成由淚腺接手。

這時候，今天最後一班公車進站了。

「嗯，那再見了。明天放學後見囉！」

舉起一隻手揮揮道別之後，拓實便走回家去了。

叩嗟……叩嗟……叩嗟……

公車行駛在路上所發出的聲響，變成了拓實彈奏鋼琴的曲調；鋼琴的聲音再變成拓實的歌聲，以及笑聲。當拓實的笑容浮上腦海的時候，順的心臟就好像要爆裂了一般。

她用一隻手撫著胸，並且閉上眼睛努力將身體裡撲通撲通的巨大聲響鎮壓下來。

拓實走在夜晚的馬路上，朝著家的方向前進，突然之間停下了腳步。

他把插在口袋裡的雙手伸出來，直直盯著自己的手掌看。

「………」

柔軟的雙手互相緊握著，然後慢慢放到嘴巴前方，接著，拓實咻地閉上了眼睛。

※

「什麼？現在嗎？」

看到菜月為了去參加社團活動而走出教室後，拓實立刻出聲叫住她。

「啊，當然是社團活動結束之後再來討論就好了。」

「嗯，今天我們沒有要使用體育館，所以應該會很快就結束了。」

順的雙手抓得緊緊的，好像要躲到拓實的影子裡。

「那麼，我們就到簡餐咖啡店等妳好了。」

拓實此時一臉訝異地看著順。

注意力被吸引過去了之後，拓實發現到順似乎欲言又止，有些話想說的樣子。她慢慢地往菜月的方向偷看了一眼，然後便像是被嚇到了一般慌張地低下了頭。

「…………」

菜月的眼睛瞇了起來……心想，該不會是成瀨同學覺得自己也應該要出聲拜託一下吧。

「那麼，如果會晚點到的話，就用 E-mail 傳訊息說一聲。」

拓實說道。

「咦？」

「那就先這樣了。」

「啊，嗯……」

下意識地做了回應。

拓實轉過身背對著菜月，並跨步離開；順則是再一次輕輕地鞠了個躬之後，才小跑步地追上拓實的身影。

菜月目送兩人離開之後，暫時停留了一下之後才朝向社團活動室走過去。邁開的每一步，都灌注了力量。

「……你的 mail 帳號，我又不知道……」

她想起自己兩年前寫了一封道歉的信要給拓實，裡頭有包含 E-mail 帳號，不過還沒給出去她就親手撕破丟掉了。

一臉愁苦的表情失神地走著，突然停下了腳步。

是大樹。看他揹著書包，想必是要回家去了。

朝菜月看了一眼之後，大樹就直接走過菜月身旁，應該是因為昨天說了那些奇怪的話所影響的吧。

「今天也要去車站殺時間嗎？」

「……真是一個討人厭的女人啊。」

大樹板起臉來瞪著菜月。然而，那樣的表情一點都不可怕。

「所以我就說嘛……」

菜月說道。

揹著後背包的順不知道為什麼看起來很疲憊的樣子，她面無表情地跟在拓實後頭。

「會緊張嗎？」

在下樓梯的時候，拓實回頭問了順一聲。

「！」

順慢了一拍才點點頭以表回應。

「嗯……」

好麻煩啊。到底能不能好好地把自己的想法傳達出去呢？真叫人感到不安。

拓實稍微思考了一下，突然之間想到了方法。

沒錯，讓她聽聽那個的話，說不定她能夠稍微建立起一點自信。

「在去簡餐咖啡店之前，我想先帶妳去一個地方。」

「……？」

順用怪異的表情催促著，拓實則是變換了前進的方向。

「哇呼……」

在社團活動室裡頭可以聽得到岩木高八度的聲音。

「你在做什麼啦？對於三次元的產物你不感興趣不是嗎？」

「聲、聲優是二・五次元的啦！」

稍微觀察一下後發現，似乎是岩木和相澤兩人正在看雜誌的彩頁。

「就是這裡了……」

拓實毫不在意地打開了門。

揹著後背包、手拉肩上的背帶，順饒有興致地看來看去。

「哇哩！」

看到順走進來的那一瞬間，裡頭的兩人瞬間凍結，接著同時發出超乎常軌的尖叫聲。

接著——鏗鏘！

「……你在幹什麼啦！」

就算是初次有女生進來這間活動室，再怎麼樣也不應該有這麼激烈的反應吧！

♪我、一定——能夠、做到……　雖然說……會有……不安……　但我想……我一定……可以辦得到……

「…………」

順在椅子上坐下來，相澤把筆電往前傾，大家一起看著螢幕。

拓實呼哇地笑了起來。雖然他站在順的後面，但是他能夠想像得到順的內心會有多感動。薄荷小姐的歌聲聽起來比前幾次要來得更為飽滿，看來是升級過了。

「你要帶女生來這邊的話，起碼要先跟我們知會一聲吧。」

相澤將剛剛還在翻閱的青少年漫畫雜誌收入桌子的抽屜中，並且忿忿不平地抱怨了幾句。

「這是什麼啦……」

把不想讓女生看到的東西全都收起來，這是人之常情吧。但是礙於武士精神，必須要保持沉默。

岩木這個人，對於女生可以說是完全沒有抵抗力，就連直直地看著順的臉都做不到。他怯生生地說道：

「對、對不起成瀨同學，我們擅自做了這樣的事情……」

「………」

嗯！順用力搖著頭。

「咦？」

「是沒關係……的意思嗎？」

相澤問道。

「！」

順表情愉快地對著兩人點點頭。

「太好了……」

岩木傻傻地笑了。

看到這個狀況，拓實暗暗鬆了一口氣。帶順來這邊真是做對了。

「……那個，你們兩個如果聽到我說，在地方交流溝通會上我確定要表演音樂劇，你們會幫忙嗎？」

順驚訝地看向突然提出要求的拓實。

──他們兩個沒問題的。

「啊，那很麻煩耶。」

「我們會隨便做做吧……」

得到了意料之外的回應。

「什麼？」

「！」

不僅拓實，連順也跟著動搖了。

原本以為會聽到的答案是「為了拓實，什麼都可以！」或是「我們很樂意」之類的。

看到拓實一臉焦急的樣子，相澤的表情瞬間放鬆下來。

「唉唷，但是小拓真的要做的話我們還是會幫忙的啦。」

「而且我們也想再聽成瀨同學多唱幾首歌呢。」

岩木用雙手撐住下巴，臉頰有些發燙，相澤當然不會輕易放過這個逗弄他的好機會，立刻趁勢說道：

「哇？什麼！你是在告白嗎？」

「啊！當然不是啊！我的後宮已經人滿為患了，根本就沒有三次元的人可以介入的空隙啊。」

「我懂我懂，那我們原本是在聊什麼啊？」

「……真是的。」

一開始這麼說不就好了嗎？拓實在心中抱怨了幾句，然後抬頭看著順。結果順的臉上滿溢著感動之情。

拓實微笑著，心裡想著：看吧，心中的想法還是有辦法好好傳達出去的。

現在這個時間要去吃晚餐的話算太早，簡餐咖啡店裡也只有小貓兩三隻占據了幾張桌子而已。

拓實和順在禁菸的角落找到一張四人座的桌子，在飲料吧叫了飲料後，立刻開始進行討論。

「至少要有一首歌，時間上沒有任何限制，所以歌曲最多應該六首左右吧。」

順的表情非常認真，發出嗯嗯的聲音點了點頭。

「然後……」

說著說著，拓實注意到有個身影正在接近。

「不好意思，讓你們久等了。」

菜月邊將頭髮塞到耳後去邊往這邊走過來。

「啊，嗯……咦？」

驚訝的聲音從身體裡頭蹦出來，為什麼會這樣呢？原來是菜月身後跟著一個預料之外的人物——頂著一顆光頭的大樹就站在那裡。

看到拓實和順兩個人目瞪口呆模樣，菜月呵呵地笑了起來。

「啊，因為田崎同學好像很閒的樣子，況且他好歹也是委員之一嘛。」

菜月用罕見的強硬口氣說完之後，立刻在順的身旁坐了下來。

帶著不滿的情緒，大樹在拓實的旁邊砰地一聲坐下。
「好了，要討論什麼呢？」
菜月的問題讓拓實想起了把大家聚在一起的目的。
「啊、啊啊，其實是……」
拓實從書包裡頭拿出幾張Ａ４大小的影印紙，分給菜月和大樹。
這是他將順傳到他智慧型手機裡的簡訊資料轉到電腦，經過整理後列印出來。
總之先看看這份資料的內容吧，拓實說道。雖然兩個人都覺得有點古怪，但還是開始從頭閱讀。
順的表情看來緊張兮兮的，頭始終都垂得很低。
「……那麼，這樣的話……」
快速地看完之後，菜月說道。
大樹則用吸管喝了一口可樂之後，再次把目光移向資料。
「這是成瀨寫的故事。」
「成瀨同學寫的？」
菜月看著左手邊的順，並且「哇呼」地發出感嘆的聲音。
「今天要討論的重點，就是我們想要把這個故事，用音樂劇的方式在地方溝通交流會上表演給大家看……」
拓實的聲音自然且充滿熱情。

順藏在桌子底下的雙手，此刻也全力緊握拳頭。

「嗯～所以說這次要走原創劇本。」

儘管拓實和順兩個人都很緊張，但菜月只是淡淡地開口。不但沒有反對，甚至語氣裡還透露出事情不是早就決定了的意思，完全出乎兩人所預期。

「但是這個故事……」

「啊啊，我們現在也還沒作最後的決定……是說，這樣真的可以嗎？」

拓實露出困惑的表情反問道。

「咦？」

「喔，就是要不要表演音樂劇這件事……」

「這個，因為昨天看到成瀨同學的模樣……」

想起教室裡的其中一幕場景。順的臉頰立刻變得紅通通。

「……這樣啊……嗯，那田崎呢？」

拓實有點害怕地詢問。把可樂一飲而盡的大樹，正用健康堅固的牙齒喀啦喀啦啃咬著冰塊。

吃完冰之後，他完全無視拓實的發問，反而是面向斜對面的順喊了一聲：

「……成瀨。」

順嚇了一跳，惶惶不安地抬起頭來看著大樹。

「那個……該怎麼說呢。昨、昨天……」

不知道是不是心理作用，感覺似乎連大樹都有點膽怯，開始結結巴巴了起來。

就在這個時候，開朗明亮的一聲叮咚傳來，是有人進來店裡的聲音，幾個揹著大型運動提袋的男高中生，哼哼哈哈地走了進來。

「還真是羨慕田崎啊，他現在這樣輕鬆多了吧。」

「是吧。」

大樹彈起身看著入口。

「咦?那是……」

菜月似乎一臉了然於胸的表情。

拓實也很清楚。那就是之前在庭院裡所看到的幾個棒球隊成員。那個叫山路的一年級王牌也在。

「歡迎光臨，四位嗎?」

店員將菜單夾在腋下，笑眯眯地迎上前去，然後將他們帶到離拓實他們那桌有點遠的位置。這幾個人似乎沒有注意到大樹也在。

「啊，我們都要叫『飲料吧』。」

「好的，杯子的話幫您準備在那邊，再請自行過去取用……」

「啊，好的了解!對了，留一份菜單給我們可以嗎?」

店員離開之後，幾個學弟的話題又繞回大樹身上。

「哎呀，說實在的，他就這樣別再來了比較好。」

這個神經大條的聲音大到整間店都聽得到。拓實吃了一驚，心想，這裡可不是你們的球場啊……

拓實身旁的大樹散發出令人生疼的氛圍，太叫人害怕了，所以他連偷偷轉頭過去看的勇氣都沒有。

「二年級的也都是對他很倒彈，所以我說的是真的啦，對吧山路。」

「……啊！」

百無聊賴的山路看著手機螢幕，隨口敷衍過去。

「三嶋學長也無計可施了，這樣下去我們球隊該怎麼辦啊？真的是……」

——運動員的動作果然還是很敏捷，拓實才剛感覺到有些異樣，就已經看到大樹朝著學弟們那一桌的方向筆直走去，完全沒有機會阻止，只能莫可奈何地在一旁看著。

第一個看到大樹的球員，手上的菜單嚇得啪搭掉到了地上。

「嗯？怎麼了……」

座位背向大樹的球員露出狐疑的表情轉身往後看。

「……哇！」

大樹居高臨下靜靜地瞪視著眼前的四個人。

「田、田、田崎學長……」

「……喂，你們在……做什麼啊？」

「對不起！」

幾個學弟都像是屁股著了火似的彈跳了起來，並且一一低頭抱歉。但是這樣做似乎讓大樹更火大了。

「為什麼自顧自地低頭道歉啊？對我低頭認錯也沒用不是嗎？三嶋是真的很辛苦付出很多，但是你們這些人到底在做什麼？」

砰！

整桌唯一還坐著的山路，把握在手裡的智慧型手機大力地放到桌上。

「那是我們想對你說的話吧！」

「山路！別說了！」

同伴小聲地斥責勸阻，但山路完全沒在管，繼續說道：

「學長你才是！到底在做什麼啊你！」

「什麼？」

大樹一聲大喊，讓其他球員全都慌張地低下了頭。

「不過來棒球隊露個臉，還帶著女人到處跑……」

沒想到他們幾個人的事情會被知道，菜月焦急地站了起來。

「不、不是這樣的，我們是為了學校的，那個……地方溝通交流會的表演在討論……」

「什麼？地方交流？」

山路出聲打斷菜月的話，語氣就像是把菜月當成笨蛋一樣。

「山路，你說什麼！」

大樹壓抑著自己的聲音。

正想要叫他站起來的時候，山路自己緩緩地從椅子站了起來。

「新的隊伍才剛成立，體制都還沒有穩定下來，在這樣的時期你倒是過得很悠哉嘛。」

「………………」

「什麼叫做『現在的王牌是你』？」

像是自言自語似的說著，山路直直看著大樹，臉部表情越來越扭曲，最後他失控地大喊道：

「你這傢伙永遠永遠都只會驕傲地說大話而已！」

大樹被對方的氣勢壓迫不自覺後退了幾步。

「真是太礙眼了！反正你趕快消失在我面前，別再出現了最好！」

其他隊員都停止了呼吸，大樹也像是突然間失聲了一般就這樣站在原地。

不管怎麼說，這都說得太過分了。拓實看不下去了，但正當他要站起來的時候，沒料到發生了令人意外的事情。

順比拓實還早一步從椅子上跳了起來。

「你們不、不要太……」

順全身顫抖，兩隻拳頭握得不能再緊。

「不要太過分了！」

彷彿用上全身的力氣放聲大吼。

「……什麼消失不消失的，別說得那麼簡單！」
「……什麼？」
山路露出了疑惑的表情，心想：「這傢伙是怎麼了啊？」
拓實默默地看著眼前這一幕。菜月也嚇了一大跳，覺得順彷彿變成了一個陌生人。
「話語是會傷人的！因為說出去的話……是絕對……沒辦法收回來的！」
拓實其實非常能夠理解為什麼順會這麼生氣。離她而去的父親、總是苦著一張臉的母親、蛋哥的詛咒——在順的心中一定有許多想法來回衝擊著吧。
「就算後悔了，那些說出去的話也絕對絕對，不可能再收回來了！」
那是順發自內心深處的怒吼，就連拓實也不曾像這樣大聲吶喊過。
「……成瀨，妳還好嗎？」
情緒如此高漲，看來是忘記了自己的狀況。拓實有點擔心順，所以適時地出聲關心了一下。
「什麼事啊？」
正在氣頭上的順，勢不可擋地轉頭回應。
「什麼事……就是那個……『蛋哥的詛咒』啊……」
「…………」
順慢慢眨了眨眼睛，兩次、三次……就好像是在咀嚼消化自己目前的狀況一般。
嗚哇！冷汗一瞬間全部爆出來，接著在原地咕咚一聲暈倒了。

「哇！成瀨妳不要緊吧？」

菜月吃驚地衝到了順的身邊。

「成瀨！」

失敗了。如果不像這樣吼出來的話，說不定也不會發現。

「咦？不要緊吧？」

「怎、怎麼了啊？」

對方那一桌的學弟隊員們，也都察覺到情況有異，紛紛開始焦急了起來。

「喂！快叫醫生，喔不是……快叫救護車！」

大樹對著山路怒吼著。

「啊！好……該怎麼做才好！」

「電、電話！手機！」

「要打一一四嗎？還是一一六？」

「快一點就對了！」

每個人的情緒都來到臨界點，現場一片混亂。

「喂！成瀨妳振作一點！」

「成瀨同學！」

拓實和菜月的聲音，順好像都聽不到，只見她捧著自己的肚子不斷地呻吟著。

這時，店員飛快地衝了過來。

「那個，各位，你們已經對其他客人造成困擾了……」

「拜託，現在不是說這種事情的時候吧！」

大樹在店內以爆炸般的音量對著店員怒吼。

※

醫院夜間門診的候診室裡冷冷清清的，除了值夜班的護士偶而會經過之外，根本沒有看到其他的患者。

突然之間，醫院的外頭傳來一陣汽車慌亂急停的聲音。

自動門打開，伴隨著紊亂的喘息聲衝進來的正是——順的媽媽。

拓實和大樹就坐在緊急逃生出口附近的長椅上，泉看到他們之後，將包包和外套夾在腋下，快步來到兩個人的面前。

「順！」

在菜月的陪同下，順無力地坐在候診室的長椅上，「啊……」媽媽的聲音讓她抬起頭來。

「……接到從醫院打來的電話，我就立刻慌慌張張地趕過來了……結果看到妳這樣……」

聽到媽媽責難的語氣，順像要逃跑似的移開了視線。

「什麼？肚子痛嗎？又來了……又是那個什麼詛咒造成的了嗎？」

泉的眼睛下方流露出深深的疲倦感。她用手壓住額頭，看來似乎快要受不了了。

頭低得不能再低的順，好像是希望連呼吸都能夠停止。

「那、那個……」

菜月在一旁看著順，表情看來非常擔心，當她正想要開口調解一下目前的狀況時……

「妳真的很糟糕……」

泉簡短地說道。

順交疊在一起的雙手，突然之間像是通了電流的青蛙般劇烈痙攣抖動。

「啊！您是成瀨同學的監護人嗎？要麻煩您到這邊來辦理一下登記手續……」

可能是因為聽到談話的聲音吧，在櫃檯的護士主動靠了過來。

「啊！不好意思……我馬上就……」

泉匆忙地朝櫃台的方向走去，拓實及大樹則用複雜的表情目送她離開。

順和媽媽還待在候診室的長椅上，一起聽護士的叮嚀。

不知道為什麼，三個人在走出醫院之後，就在出口附近不約而同停下腳步站著不動，菜月拿起手機看了一下螢幕上的時鐘，表情隨之變得有些緊張。

「哎呀，糟糕了，我必須要走了……」

「啊……」

真的沒注意到這一點。拓實平常都是走路上下學，另外兩人則是搭電車通勤。大樹是沒有什麼差，但是對菜月來說，現在的時間還沒回家就已經太晚了。

「嗯，那我去跟成瀨說一聲……」
「那個……」
出人意料地，大樹在此時說道：
「不好意思，我造成了很多麻煩……」
平常驕傲的態度已然收斂，大樹低下他的光頭深深鞠了個躬。
「也不是說都是你的問題呀……」
菜月感到有些困擾似的回應。
「不，我的意思是……」
大樹好像還想在說些什麼，然而卻被一個尖銳的金屬聲打斷了。
「到底為什麼？」
泉站在坐著的女兒面前，把她的臉拉了過來。
「妳就這麼討厭我嗎？一直這樣不講話，附近的人都已經開始在亂傳八卦了……順，妳到底想做什麼？難道只是為了讓我感到困擾？」
順不安地抬頭看著媽媽，臉上的表情看來非常不知所措，唯一能做的就是小小地搖著頭。
「妳跟我說點什麼吧……想反抗的話也沒關係啊。我已經不知道該怎麼辦了！」
泉用手壓著額頭，把痛苦的感覺都喊了出來。
「……」
順的眼角，已經積了滿滿的淚水。就在眼淚即將滿溢的前一刻，順突然低下頭來，並且緊緊閉起眼睛。

「我真的累了！不管是工作上的事情，還是順的事情，全部都讓我感到疲憊！」

現在的感覺就好像是長期累積下來的壓力，在此刻一次都爆發出來了。

媽媽的話語每一句就像是一顆石頭，一定會在順的心裡造成一個又一個的傷痕吧。

「……等等？」

聽到菜月出聲阻止的時候，拓實早就踏出腳步往前走去了。

慢慢地，拓實走到了泉的身邊。

「唔？」

泉的表情看來非常驚訝，彷彿她現在才第一次認識拓實的樣子。

「你是……坂上婆婆的……」

原本頭低得不能再低的順，有點膽怯地慢慢把頭抬了起來。

「那個……成瀨……順同學，其實是一個很開朗的人。」

「……什麼？」

「雖然說……她不常說話，該怎麼說呢……在她的心中，其實有好多話想說。」

為了能夠讓泉了解，拓實努力思考足以表達的語言。

其實一開始拓實也覺得順是一個很怪的人，一個讓人想不通、猜不透的人。

但那只是因為沒有好好認識她、了解她而已……

「今天，我們同學之間也發生了一些不好的事情……為了朋友的關係而接受一些不合理的狀況，該怎麼說呢……不管怎麼說都像是笨蛋一樣……」

拓實越說越洩氣，頭整個低了下來。

「那個……但是，成瀨她總是、一直都、很認真地在努力著。」

泉好像放掉了全身的力氣一般無力地聽著拓實的話。

「…………」

順強忍在眼底的淚水，終於撲簌簌地流下了。

「說真的還真是嚇了一大跳呢。」

菜月說道。她走在拓實身邊，兩人正一起朝向車站的方向走去。

「什麼事？」

拓實歪著頭詢問了一下。

「嗯……很多狀況都是……」

順的事情、大樹的事情，還有……拓實的事情也是。真的是一言難盡。

夜晚的歸途杳無人煙，只有兩人的腳步聲在街道上迴盪。

順的媽媽開車把順帶回家了，目送她們母女兩人離開之後，大樹便說另有要事，從另外一個方向走掉了。

「……那麼，表演音樂劇，真的好嗎？」

像這樣的主動關心，就是拓實一貫的風格。

菜月抬頭看著雲層厚重的夜空。如果沒有街燈的話，在黑暗中行走應該會讓人迷路。

「嗯……我也多多少少能夠理解成瀨同學的想法。」

「咦？」

「我心中也有很想說但卻沒辦法好好說出口的事情。」

拓實因為想要問個清楚，所以停下了腳步。菜月也隨之停了下來。

「……國中的時候……就在坂上你最艱難、最辛苦的時期，我卻沒有為你做任何事……」

拓實的嘴角看來似乎變得僵硬了。

——菜月指的是拓實爸媽的離婚。夫婦之間的爭吵家醜，傳到街頭巷尾都知道了，這好像對拓實的家帶來莫大的影響。詳細的情形菜月也不是很清楚，好像是拓實的媽媽離開了他們家，從那之後拓實就一直跟著祖父母一起生活。

「……我明明是你的女朋友。」

國二的情人節，那是菜月第一次送巧克力給男生。

拓實在傳回來的紙條上簡單寫了ＯＫ，這讓菜月反反覆覆不知道拿出來看了幾次。

「……更糟糕的是……」

雖然那時候菜月有察覺拓實不知道哪裡有些怪怪的，但直到從明日香那裡得知拓實的父母離異的消息之前，菜月可以說是完全沒有察覺到這件事。

那時候兩個人在交往的事情，班上的所有人都知道。

同學們都會開他們的玩笑，並且投以完全不用負任何責任的好奇眼光。對於初次談戀愛的菜月來說，這些讓她應付不來的事情終究讓她敗下陣來。

『菜月，妳正在和坂上交往對吧？』

有一天，有個同學在大家的面前問菜月這個問題，而她卻未經思考就大喊道：

『才沒有呢！』

那一瞬間，她看到了。原本被叫去老師休息室的拓實，正站在教室的門口。

「…………」

菜月緊抓著書包的手，不自覺地加強了力道。

「剛剛成瀨同學的那句『話語是會傷人的』，深深戳中我的痛處。」

拓實在國中的三年之中，完全都和班上同學保持著疏遠的距離。

菜月那時候在眾人面前大喊的話，一定對拓實造成了傷害。即使到了現在，當時所說的話仍舊會時不時刺傷她自己。

不管有多後悔，都不可能把話收回來。真的說得太對了。

「喔，那個啊……」

拓實看著自己的鞋子前端，緩緩地說道：

「國中生都是那麼膚淺不懂事的，我自己也是一個沒有任何特色的人，本來就配不上妳。」

「才沒有這種事！」

菜月激烈地轉到正面看著拓實。

「坂上你不管在怎麼樣的情況下，都絕對不會抱怨，對任何事也都照顧得面面俱到。」

還記得國中二年級的合唱祭，菜月擔任籌備委員長，但因為班上的同學全都無法好好團結合作，因此導致於她有很多事情無法處理好。尤其是男同學們，每個人都非常驕傲自大難相處。不管菜月怎麼說，都沒有人願意聽進去，讓她幾乎就要哭出來了，這時候擔任鋼琴伴奏的拓實卻若無其事地順從菜月的指揮……這是菜月第一次注意到拓實的存在。

「只要身邊的人需要幫忙，你都能夠察覺，而且……」

拓實在彈奏鋼琴的時候，真的是太帥了。

抬頭一看，才發現拓實的臉變得紅通通，眼睛裡充滿害羞的神色。

「……謝謝……」

菜月的臉也變紅了。

「……不客氣……」

「……啊，但是……嗯……」

不知道是不是不好意思，拓實先行向前走去。

「我啊……接受了自己的平凡無奇。把心中所想的事情說出來，或是針對被指指點點的地方一一回嘴……這些事情都讓我感到疲倦。跟周遭人們的摩擦也很麻煩，所以才會覺得隨便怎樣都沒差……」

怎麼會……就在菜月想要湊上前去，對著走在前方不遠處的拓實加油打氣一下時，卻聽到他說了這一席話。

「但是，成瀨她……」

「！」

菜月的腳步停了下來，但拓實沒有注意到，仍舊繼續往前走著。

「儘管已經那麼痛苦了，她還是努力地用各種方式想把自己內心的話表達出來，看到這樣的情景，我也……哎呀，我到底在說什麼啊……」

拓實把兩頰鼓起來，好像要隱藏自己想法似的換了個語氣。

「總之，我會想要幫成瀨一把……仁藤，妳呢？」

終於察覺到菜月並沒有跟上來，拓實停下腳步回過頭去。

——茫然呆滯的表情……那個，你內心深處真正的想法是什麼呢？

「……坂上，你是不是對成瀨……」

「怎麼了？」

菜月喃喃自語著，幸好拓實似乎並沒有聽到。

「…………」

菜月把想說的話吞下肚去，抬起頭露出開朗的表情。

「我也要幫忙！成瀨同學、坂上同學，我都想幫！」

「什麼？為什麼連我也……」

菜月笑顏逐開，精神奕奕地朝拓實走去。

「這一定是啦啦隊隊長的熱血正在我的體內沸騰吧！」

輕鬆的玩笑，讓拓實的嘴角上揚，不再緊繃。

「在說什麼啊……」

「哈！肚子好餓啊！趕快走吧。」

「對啊。」

「明天開始會變得很忙吧。」

「應該吧……」

就這樣站在原地，哪裡都不想去了，就這樣融化在夜空裡吧。

泉在回家的路上一路都很安靜。

紅燈了，車子停了下來。兩人之間的氣氛非常不妙，不論是順或是泉，都不想要看到對方的臉，所以不約而同地望向窗外的風景。

過了一會兒，泉喃喃地說道：

「妳交到朋友了呢……」

為什麼要這麼說……？順咻地回過頭看著媽媽。車窗上隱隱約約地倒映出媽媽臉上的表情，但完全看不出來她在想些什麼。

「……社區的會費，謝謝妳幫我繳。」

「……！」

順慢慢地坐正。

一股熱熱的暖流從眼底深處慢慢湧上來，緊閉嘴脣、忍住眼淚，順小小地點了點頭。她緊緊握著手裡的智慧型手機。

變綠燈了，車子再次飛奔。

——成瀨她總是、一直都、很認真地在打拚著……

拓實的話語在胸口迴盪，雞蛋產生裂痕了。

在順的心中，故事持續進行著。

對一個被悲傷的語言淹沒的少女來說，王子的存在就好像是沙漠中的甘泉般，王子說的話非常尊貴，讓人感覺無比幸福。

※

昨天深夜開始下起激烈的大雨，直到現在都還沒停。

三嶋站在棒球隊活動室的門口，看著陰暗厚重的天空，看來雨沒那麼快會停。

「真是的，老是翹掉晨間練習的人，今天好不容易出現了，卻是這種天氣……」

「……就是說啊。」

山路氣呼呼地回應。

三嶋回了一個苦笑。重視棒球的程度更勝於三餐的棒球痴，就算想要蹺掉也做不到的，三嶋明白這個道理。

還有山路對於大樹是有多麼崇拜，他也了然於胸。

「……大家都到體育館去了，趕快走吧！」

「好的！」

三嶋自己也準備要過去了，卻突然看到大樹拿著傘站在雨中的身影。

「咦？是阿大啊？啊，今天晨間練習在體育館……」

大樹沒有聽三嶋說到最後，他把手裡的傘丟到一旁，突然低下了頭。

「我要為我到目前為止所做的事情道歉。」

「……什麼？這……」

「比賽也是、受傷也是……全都是因為我！」

三嶋吃了一驚，站在他後頭的山路也完全說不出話來。

「等一下啊，阿大，這些事情並非都是阿大的責任。」

「我知道！但是，如果我不這樣做的話，我們沒有辦法重新開始！」

大樹繼續淋著雨，並且始終保持九十度鞠躬的姿勢。

「我儘管頭腦不好，但還是想要把所有事情都扛在自己肩上，好像很了不起似的說什麼都是為了球隊好……但三嶋也好、山路也好，還有其他的隊員也是，我都只是把所有事情強加在你們身上……」

「怎麼會……這只是因為身為隊長的我沒辦法好好振作的關係啊。」

三嶋看著遠方，似乎非常自責，但大樹立刻間不容髮地插話道：

「才不是！我不是那個意思……我想說的是，如果我繼續這樣下去，那不管遇到什麼事情我都會半途而廢的！」

昨天在醫院時，大樹對於自己所造成的傷害感到非常抱歉，在這樣的心情下向拓實等人道別，並且找了一家速食店，坐下來將順所寫的故事看完。那個充滿苦澀滋味的悲傷故事。

看完之後，大樹的頭好像被球棒狠狠敲了一下似的，一時之間一動都不能動。

當下他的表情想必非常猙獰吧，在玻璃牆的另一端有兩個女高中生，不僅躡手躡腳地走過，並且還用奇怪的眼神看著大樹。

「……球隊裡的每個人都為了各式各樣的事情咬緊牙關在忍耐著，只有我隨便說幾句抱歉就過得輕輕鬆鬆，實在太自以為是了，這些我都知道。所以，現在我們可以重新調整看看嗎？」

這些話，是大樹用盡心力所說出來的。

靜下來一瞬間之後，山路走過三嶋面前，最後站在低著頭的大樹前面。

「……重新調整後你想怎麼做呢？」

大樹抬起頭正面看著山路。

「趕快把傷治好，再一次以進軍甲子園為目標跟你們一起努力打拚！」

「…………」

山路把帽子脫下來。

「……我要去練習了。」

然後，他就這麼離開了現場。

「山……」

三嶋的聲音讓山路的想法有所改變，雖然只是一瞬間，但山路的嘴角閃現了一絲笑意。

他鬆了一口氣似的搔了搔頭。

「——所以，接下來該怎麼做？」

三嶋神清氣爽地問大樹。

「總之先把眼前的事情一件一件地解決起來吧。」

「這樣啊。」

兩人一起看著天空，雨總算慢慢變小了。

「那個，我很開心喔……」

城嶋的雙手環抱胸前，看著窗外頗有感觸地說。

「……如果你們真的這麼想要表演音樂劇的話……我一定全力在背後支持你們！」

說完後他帥氣地轉過身，擺出像是偶像明星的動作，指著樂器準備室裡頭的三個人。

「什麼……」

菜月的表情看來完全無法理解。

「……………」

順立刻低下頭，彷彿是在跟大家道謝。

「哪有人自己這樣講的……」

拓實連出聲指正都懶得說了。

「那麼，等田崎同學也來了後就全員到齊了，沒有什麼好怕的！」

城嶋邊說邊從窗戶邊離開，並走到椅子邊坐下，極其放鬆地翹起腳來。

「……不過，要他來可能沒有那麼簡單喔。」

拓實露出苦笑。

「你在說什麼啊。古今中外的音樂劇，大抵上都會帶來一些奇蹟的唷，你知道嗎？」

「怎麼可能……」

就在拓實嗤之以鼻的時候，喀啦一聲門被打開了。

「不好意思打擾了。」

穿著棒球隊制服外套的大樹，在門口輕輕低下了頭。不知道為什麼，他連下半身也穿著運動褲，而且最奇怪的是他還光著腳。

大樹堅定地走進房間裡，經過一臉呆滯的拓實身邊，來到菜月和順的面前，兩個女生也同樣臉上掛著驚訝的表情。

大樹直直地看著俯視著順，而順則是不自覺地站了起來。

「等一下，這是怎麼一回事啊？」
菜月像是要保護膽怯的順似的，眉頭整個皺在一起。
結果出乎眾人意料之外地，大樹突然對著順低下頭來。
「成瀨……先前我對妳說了過分的話，真的很不好意思。」
「咦？」
「唔？」
菜月和拓實同時間發出驚訝的感嘆聲。
「然後，如果可以的話，你們決定要做的那件事情，請讓我也一起幫忙。」
「……！」
「不行嗎？」
大樹維持低頭的姿勢，但把臉抬了起來，他的表情看來非常認真。
「田、田崎同學……」
「……！」
順急忙從裙子的口袋裡拿出手機，把訊息打好之後直接拿給大樹看。
『當然囉！謝謝你！』
「啊，嗯嗯，我才要謝謝妳……那就請多多指教了……」
大樹看來有些不好意思，眼神在房間裡游移不定。
「咦？怎麼回事啊？」

跟菜月一樣，拓實也對於眼前所發生的事情感到費解。城嶋對著困惑的兩個人說了聲「看吧。」他明顯露出驕傲的表情，並且挺出胸膛做出伸展的動作。

「奇蹟真的發生了。」

——決定好了就立刻展開行動，這就是我的座右銘。

大樹所說的城嶋沒有任何反對的理由，因此當天的音樂課大家也都緊急收到了家庭作業。

「這個要印出來發給所有人嗎？」

大樹卯足了全力，在沒有經過任何人的同意就逕自站到了講台前，拓實等三人坦白說，心裡的感覺都有些複雜。

「也就是說，今年的地方溝通交流會，我們決定要表演音樂劇，劇本就是現在發給大家的這一份。」

「什麼？」

「哇！」

「這什麼啊？」

不滿的抱怨聲在教室裡此起彼落，這也是理所當然的，畢竟這件事情根本沒有任何事前的討論和說明。

「怎麼會這麼突然啊！」

網球社社長等人全都眉頭深鎖。

戴著眼鏡的石川朱美舉起手來發問。

「這不會太獨斷了嗎？」

這情況可不太妙啊……岩木和相澤面面相覷。

「況且，在此之前你可是最反對的人不是嗎？」

「就是說啊。」

氣勢很強的枥倉千穗，百無聊賴地看著印刷資料的小田桐芭那，這兩個強勢的女生都是屬於有交男朋友的「一放學就馬上回家小隊」之一。

三嶋雙手環抱胸前，一臉「趕快把你的本領秀出來給我看」的表情。坐在他前面的明日香則是看來有點擔心的樣子。

「對啊對啊。」

大樹沒有一絲猶豫躊躇，以正面迎戰的態度說道：

「我是因為成瀨自己有嚴重的問題，認為她根本不可能表演音樂劇，所以才會反對。但是成瀨已經證明自己可以辦得到了，不是嗎？因此我才會轉為支持。」

城嶋站在窗邊他習慣的位置，邊聽邊露出滿意的表情。

「不過，這是田崎你自己的問題吧？」

「希望你不要把我們也都牽扯進去呀。」

三上聖名子和岡田愛美兩人你一言我一語地抱怨著。

「啊……」

「等一下……」

看到大樹額頭青筋暴露，菜月趕緊上前攔阻安撫。

「那麼，為什麼要選擇最麻煩的音樂劇呢？」

說話的是輕浮的男人岩田晉一。

「而且這麼說來的話，就變成是要表演原創劇了，對吧？」

廣播社的賀部成美似乎被勾起了一絲絲的興趣。

「距離地方溝通交流會舉辦的日子也只剩一個月了吧？」

「況且交流會都只是住在附近的人會來看而已啊。」

「對啊！所以越簡單越好啊……」

結果，班上有超過一半以上的人都心存不滿。

菜月和順都在一旁不安地觀察著事態的發展。

「的確，一開始我也是認為怎麼樣都好。」

拓實慎重地選擇用詞，以試探的語氣說道：

「……但是，如果有一個人認真地想要做這件事，那麼，跟著那個人一起拚命試看看，不也是很有趣的事情嗎？我是這麼想的。」

拓實說完之後，菜月緊接著說道：

「我也這麼覺得……那個，時間已經不多了，準備的過程可能會很辛苦，但是我們幾個執行委員會的成員一定會盡最大的努力去完成，所以……」
像是為了要支持這個「拚命完成」的訴求，陽子以精神飽滿的聲音說了句「我覺得很棒啊」，然後一臉興奮地開始讀起劇本資料。
「反正不管怎麼樣都非做不可，那不如搞大一點比較好玩吧！而且這個音樂劇，感覺挺有趣的呢。」
因為打從心底覺得有趣，所以陽子並沒有去想到說自己跳出來是為了要幫菜月一把。真是一個能夠輕易帶動團體氣氛的意見領袖，表情生動、說服力強。
「我也是這麼想。」
明日香也是興致勃勃地舉手表示贊同。
「音樂劇的話也會有舞蹈吧。我想要嘗試編舞看看。」
為了支持好朋友，似乎已經有人開始跳出來要主動分攤工作了。
「江田同學……」
交流會的執行委員們，全都因為這個意料之外的發展而愣住了。
「小拓！編曲的話由我們兩個來負責可以吧？」
「這對ＤＴＭ研究會來說可是最棒的舞台啊！」
一臉興奮的相澤，以及露出得意之色的岩木，這兩個人都是不可多得的好幫手。
「跟音樂相關的所有大小事，理所當然地我也會全力支援的，需要用到錢的地方也可以找我。」

城嶋插嘴說道。

「那麼美編設計，把所有東西做得美美的，這件事情可以交給我吧？」

「服裝的部分由我來吧？」

美術社的清水亮和流行織品社的渡邊美沙，也都紛紛跳出來了。

「嗯嗯，好像差不多了。」

城嶋連忙協助提醒。

「反正無論如何都得要做點什麼……」

「唱歌跟跳舞啊……」

「當後台工作人員也可以吧？」

漸漸地，形勢開始逆轉了。

拓實轉頭看著菜月等人，心情非常開心。順看起來還是有點狀況外，菜月的表情就明亮開朗多了。

「但是，我，放學後得要去補習……」

「啊，我也得去打工啊……」

對於齋藤五郎和高村佳織兩個人所提出來的新問題，三嶋兩三句話就立刻解決了。他說：

「沒關係啊，像我也是有球隊的活動得要忙，所以可能幫不上太多忙，不過我想每個人都在自己做得到的範圍內盡量加油就好了，可以吧？執行委員們？」

「啊，嗯嗯，當然！」

在一旁發呆的大樹，聽到好朋友的力挺，立刻大聲回應。

菜月聽了之後馬上補充道：

「啊，當然我們會聽取大家的意見，然後再來決定每一項工作的分配。」

「嗯，那就沒問題了……」

「嗯。」

「是啊，反正也沒有其他想做的表演了。」

看來已經獲得所有人的同意了。

「那麼，演員選角呢？這齣音樂劇裡的主角看起來戲份很吃重呢……」

三上聖名子看著手中的劇本問道。

「啊，這個部分也是接下來要討論……」

「咦？主角不就是順嗎？」

大樹一臉不可思議地看著順。

「？」

順用盡全身力氣拚命搖頭。

「什麼？妳不演啊？」

拓實打從一開始也認為是由順演主角，因此現在也震驚地往順的方向探出身來。

「！……」

順怯生生地將視線轉向教室裡頭。

所有人，包括站在她左右兩邊的交流會成員，全都充滿期待地看著她。

「！」

順被二十六個人的視線壓迫得禁不住往後退，為了要停止這樣的想法，她伸出一隻腳，睜開眼睛演了一下個人的獨腳戲之後，終於把手舉了起來。

臉頰瞬間變紅，咻地伸到空中的手則是小小地顫抖著。盡最大的努力，然後拚命把自己內心的想法表達出來。

「哇！」

全班安靜了一、兩秒之後，馬上傳來如雷的掌聲。

拓實他們全都笑笑地看著彼此，然後一起轉向前方。

「那就這樣決定了！」

大樹下了結論。

城嶋嘴角上揚地看著窗外的風景。

不知何時雨已經停了，從雲和雲之間的縫隙可以看到藍色的天空。

在操場上的水漥積水，也好像是在笑一般閃爍著粼粼波光。

※

那一天放學後，大家就開始投入準備工作，以及音樂劇的練習。

首先是決定燈光、服裝、舞台設備、音樂、編舞、海報設計、化妝等幾個重要工作的負責人。

順寫好的歌詞，由城嶋挑選適合的曲目，並指導相澤和岩木讓曲調和歌詞能夠完美結合。音樂完成了之後，會在第一幕登場的所有演員便一起到音樂教室集合。

將歌詞卡分發下去讓每個人都拿到，接著順小小地吸了一口氣，開始唱了起來。

在桌椅全都收攏到後方的教室裡，明日香和陽子正在發表編舞的部分，菜月則把腳本捲起來握在手中，充當起舞台總監的角色。

決定採用拉起裙子、抬起腳的動作之後，來現場觀賞的人——大部分都是男同學——立刻拍手叫好。

然而，基本上場中的人是穿著運動褲在練習，所以在一旁鼓掌是有點太浮誇了，菜月砰砰地用腳本朝著拍手的兩個人頭上各敲了一下。

在體育館深處，是大型道具的素材集合存放的地方，負責人就是美術社的社員清水。

另外小型道具的話則由手工藝社的北村等人負責，她們在教室角落正在製作皇冠、花束等物品。

栃倉、小田桐這一組所負責的當然是化妝的部分，學校禁用的化妝工具，在女生廁所的洗手台上全部擺了出來，要供研究使用。然而，栃倉不做正事卻畫了有趣的妝給小田桐看，逗得小田桐哈哈大笑。這樣根本沒有進度可言。

新聞社的石川和攝影社的田中這對搭檔，兩人白天在課堂上就已經感情深厚，放學他們仍舊面對面討論宣傳海報的設計方向。這兩個人說不定會在一起吧。

在球場上，負責照明設備的三嶋和齋藤，正在向拓實及大樹說明相關細節。

三嶋是運動員，齋藤則是要去補習班上課，兩個人的自由時間都所剩無幾，所以要讓他們聚集起來討論反而是最困難的工作。

討論到一半時，就有人來叫三嶋了，他說了句「不好意思」之後便舉起手跑走了。

儘管如此，二年二班的每個人，還是各自在自己負責的範圍內，開始動了起來。

※

命運為何要如此捉弄人呢。

少女失去了說話的能力，但卻換來與帥氣的王子相遇的機會。

溫柔的王子殿下，並沒有因為少女沒辦法講話就把她當成笨蛋，也完全不會看不起她，甚至還親切地幫了她很多忙。偶而還會彈奏拿手的鋼琴給她聽。

在少女的心中，漸漸對王子殿下產生了愛苗，想對王子說的情話一天一天累積。

但是，她卻沒有辦法將那些情話用自己的嘴巴說出來。

有一天，發生了王子殿下險遭暗殺的事件。

在蛋哥重施故技的操弄下，沒想到少女竟然就此被判定是意圖暗殺王子殿下的犯人！

認為遭到少女背叛的王子殿下，內心的衝擊難以言喻。

不是的，犯人不是我——少女不管在心裡叫多少次，聲音還是出不來，在這樣的情況下誤會根本無法化解。

少女被所有曾經遭她傷害過的人抓了起來，並被判處斬首極刑。

被關在大牢的期間，少女雙頰上的淚水不曾停過，但是眼淚背後的意義恐怕永遠都不會有人知道了。

終於，在王子殿下的見證下，少女的生命就像處刑台上的露水一樣一起消失了。

被斬首下來的少女首級，總算可以吐露話語，她說：

王子殿下，我愛你……

順聽著拓實朗讀腳本內容，一顆心撲通撲通地跳個不停。

午休時間的天台。地方溝通交流會的四個執行委員，各自帶著午餐上到天台，一起審查討論順寫的故事內容。

天台入口的門鎖壞掉了，所以自從順把其他三個人帶來這裡之後，這地方便順理成章地成為地方溝通交流會的祕密基地。

大樹咬了一口法國土司三明治，邊咀嚼邊思考，認真的程度全寫在眉頭上。

「……怎麼覺得，好灰暗喔……」

聽到了第一個感想，順立刻變得意志消沉。

菜月察覺到順的心情，急急忙忙地接著說道：

「不過、那個，我覺得這樣的結果並不壞啊。」

「是嗎？」

「少女死了之後，大家都了解到她真正的心意了不是嗎？王子對她的誤會也解開了……就像小狐狸阿權的故事一樣，真相並不是一般人所想的那樣。真的很有童話故事的感覺呢。」

倒也沒有這麼了不起啦……覺得有點不好意思的順，在自己的果汁裡放上吸管。

「不過，還是適當地加一點 happy ending 的元素會比較好吧。」

菜月的解釋似乎起了作用，大樹乾脆地同意了。

「嗯，對啊，我也覺得還不錯。」

拓實也表示贊成。太好了……順放下心頭的大石，喝了一口飲料。不知道是不是心情的影響，總覺得今天的飲料比以往好喝。

「這麼說來，王子……可以說是一個很重要的角色呢……」

順不曉得拓實為什麼會一臉擔憂的模樣，因此還是怯生生地點了點頭。

「這個角色要由我來演嗎？」

拓實說著說著，突然變得低沉。

咦？順感到有些訝異。

不管是由誰來看，都很清楚王子這個角色非拓實莫屬。在分配角色的時候，大家可是對於拓實演出王子非常看好，拍手拍到手都痛了呢。

況且，這個故事的王子殿下可是……

「你演的還是個人呢，很不錯了啦！我演的是蛋哥耶！是一顆蛋耶！」

大樹突然失控怒吼，讓順放在膝蓋上的便當頓時飛到了半空中。

「啊！這不是成瀨妳的問題啊……」

大樹焦急地加了這一句。

「很棒啊，我想一定會很可愛的。」

菜月壓抑著自己臉上的笑容，大樹則用惡狠狠的目光瞪著她看。

「妳才好呢，擔任主唱和罪人對吧？」

「沒辦法吧？先前就有說過了，執行委員要盡其所能地多做一點。」

「結果，所有主要的演員全都由執行委員包辦了。」

拓實臉上的表情好像是在說「這一切超乎我的意料之外了」。

「雞蛋啊……雞蛋……」

大樹特意將三明治裡頭的水煮蛋挑出來，在關鍵時刻果斷地做出決定看來是大樹的弱項。

「別鬧了，早點死了這條心吧！」

菜月嚴厲地對大樹說。

拓實邊苦笑邊站了起來，不過，大樹還是嚷嚷著「但是……」似乎還是有點不滿。

「成瀨，那麼就只剩下最後那一段的歌詞了，對嗎？」

低著頭的順內心感到有些抱歉，她並不知道拓實這麼問的意圖，所以歪著頭顯得有些疑惑。

「那麼，可以說了嗎？妳真正想要說的話是什麼呢？」

「！」

原來拓實很在意這件事情……順收斂自己的表情，強力地點點頭。

這樣啊……拓實臉上掛著微笑。

菜月有些落寞地垂下眼睛，下一秒突然從山的那頭吹來一陣風……

「呀！」

「嗚哇！」

風把拓實手上的資料吹得亂七八糟，他不由得失聲尖叫。

「風變冷了呢。」

大樹說著，拓實也點頭回應。

「在這邊吃飯這件事情恐怕要喊停了。」

就在這個時候，突然有個靈感浮現在順的腦海中……

『大聲呼喊著，丟失的話語……大聲呼喊著，我愛你！』

因為感到很不好意思，所以順自己一個人紅著臉低著頭。

「說到這個，故事的名字已經取好了嗎？」

大樹問道。

拓實一邊看著遠方和緩的山稜線，一邊回答道：

「啊，我記得是……『青春的脛骨』吧？」

「好俗氣喔！況且根本與故事內容完全不符啊！」

距離地方溝通交流會，還有一個月。

不管怎麼說，音樂劇的籌畫真的進入執行階段了。

4

星期天。拓實家的玄關門鈴響了起來。

「來了。哎呀呀，歡迎歡迎，你是阿大吧……」

奶奶從客廳走過來，臉上始終掛著和藹的微笑。

「啊，是的……」

來訪的客人手腕用三角巾包著吊在脖子上，頭幾乎要碰到玄關門楣的高大男子，沒錯，就是大樹！

「來來來，快進來。小拓，有朋友來找你喔！」

「打擾了！」

「哎呀，聲音真宏亮，不錯不錯！」

拓實走出房間，看到正在和奶奶講話的大樹，此時正流露出難得一見的緊張感。一直以來大樹都像一個超齡的老頭，現在一看倒像是第一次被叫到名字的小學生一般。

「哇，你好早喔。」

「三點集合的話，一般兩點五十分人就會到齊了不是嗎？」

「啊……」

大樹果然是大樹，難怪他能夠在體育社團中吃得開。
在微微驚訝的情緒中，拓實把大樹帶到二樓爸爸的房間裡。
「啊，那個門先開著，因為這裡有做隔音處理。」
如果把門關起來，就聽不到從下面傳來的聲響了。
「哇，好厲害喔……」
一進到房間裡，大樹就站到滿滿排列整齊的唱片和樂譜前，並且下意識地發出讚嘆的聲音。
拓實也一起站到櫃子前欣賞著爸爸的收藏。
「最後的那首歌還沒決定要用哪首曲子，我有找到幾首可以參考看看。」
「唉唷，我對於音樂的東西實在沒輒，所以要交給你處理了，拜託了。」
……那，你是來做什麼的啊？拓實打從心底想要問看看，但如果一開始就鬧得不愉快的話也是會很困擾。
大樹將肩上的背包拿下來，並且走往沙發的方向。
「現在最重要的是，其他人怎麼還沒來？」
「相澤他們應該快到了，仁藤和成瀨則因為負責服裝的同學拜託她們去幫忙買東西，所以……」
「……呼……」
大樹冷冷地回應了一聲之後，稍微觀察了一下拓實，然後便單刀直入地問道：

「對了，你跟仁藤交往過對嗎？」

「啊……嗯……」

意料之外的問題，讓拓實變得有點語無倫次。

「不過，那是國中時候的事了，況且只是有一點交往的感覺而已……」

尷尬的氣氛讓拓實不由得把眼神移開。

那時候拓實壓根沒想到自己會被喜歡的女生告白，臉上的表情是沒有表現出來，但其實內心狂喜不已。再熟悉不過的上學路段，光是菜月走在身旁就變得大不相同，連馬路標誌都好像在閃閃發光。

真正交往的時間大概維持了一個月吧。在那段時間裡，也僅有一次做了類似像是約會的事情。

該怎麼說呢？那天是因為學校提早放學，菜月就主動問說「要不要去公園走走？」（或者單純說是稍微繞點遠路也可以。）

那一天非常寒冷，什麼時候下雪都不奇怪的天氣，所以公園裡一個人也沒有。

「好像是我們專屬的呢。」

菜月轉過身來，開心得像個孩子一樣。

當作禮物的巧克力感覺有點單調，所以拓實還去自動販賣機買了熱可可給菜月。她用雙手握住罐子說道：

「好暖和喔！好好喝！」

菜月開心地重複說了好幾次，變成紅色的鼻頭真的是太可愛了。

「坂上同學，合唱祭的時候真的很謝謝你。」

菜月突然說道。

「一直都想要跟你說聲謝謝。」

「嗯，不是什麼值得道謝的事情啊……」

她內心真的是這麼想的。

「你的伴奏也是非常完美！」

「……是、是嗎？」

拓實的肩頭稍微下垂。唯一被稱讚的優點，其實感覺還不錯。我們班上的合唱團因為練習不足，所以表現非常悽慘，現場甚至還有學生聽不下去，用手塞住了耳朵。

「還能再聽到你彈鋼琴吧，坂上同學？」

「當然沒問題啊，如果覺得我彈得還可以的話，隨時都可以啊。」

「真的嗎？」

好棒的笑容，趕快用眼睛按下快門，用心當作底片保存下來。

菜月的另一面，在班上沒有人知道，除了拓實之外沒有人見到過……

「仁藤現在好像有別的男朋友了吧。」

「咦？」

大樹突然的發言，讓拓實轉過身來。

「啊……真的有嗎？我不知道呢……」

拓實臉上的驚訝表情晚了一秒才隱藏起來，他慌慌張張地敷衍過去，然後偷偷地觀察著大樹。

就在這時候，樓下傳來不正經的呼喚聲。

「拓……實……！快……來……玩……」

拓實鬆了一口氣，真沒想到自己也會有被相澤和岩木拯救的一天。

「小拓，你的朋友來囉！」

「呼！終於來了！不好意思，可以幫忙一起移動一下沙發嗎？」

聽到拓實出聲拜託，大樹心不甘情不願地站了起來。

菜月用單手拿著手機，從公車上的階梯走下來，同時一邊確認時間。

「已經過集合時間了，大家應該都到了吧，趕快走吧。」

順跟在後頭邊點頭邊跟著下車。

「讓我來看看地圖……」

在菜月用手機打開應用程式之前，順就已經輕快地向前走去。

咦……菜月凍結在原地，背後的公車關上車門開走了。

「……成瀨同學，妳去過坂上同學的家嗎？」

菜月追了上去之後開口問道，結果順轉過身點了點頭。

胸口深處傳來喀啦一聲。

「……這樣啊。」

順從口袋中拿出手機，開始輸入文字，菜月上前來走在她身邊。

很快地，菜月收到順傳來的簡訊。

『只有在想故事內容的時候去過一次。』

『用鋼琴幫歌詞配上旋律。』

「什麼！坂上同學彈鋼琴？」

順再次點頭。

「是喔……」

菜月的聲音已經變成冷淡許多。

沒有拓實的 E-mail 帳號，沒去過拓實的家。

但是最讓菜月感到震驚的是，拓實竟然彈鋼琴給順聽。

然而，菜月的身分只是普通朋友，所以並沒有說三道四的權利。順每次在談論到拓實的時候，都在提醒她這個事實。

胸口深處劈哩啪啦地，似乎還沒燃燒就直接焦黑了。此時此刻彷彿也能聞得到那種難聞的氣味……

順完全沒有察覺到異狀，還是開開心心地繼續傳著訊息。

『真的很不可思議。』

「嗯？」

『去朋友的家裡玩、一起去買東西。』

『從以前到現在我從來就沒有想過這種事……』

「朋友……」

一聽到菜月的喃喃細語，順立刻露出「完蛋了」的表情，慌慌張張地輸入文字。

『不好意思。』

「咦？」

『我們只是因為同為交流會的執行委員，所以才有像這樣的相處機會，我竟然就想說跟你們是朋友了……』

「啊！不是的，那個，我也很高興可以和成瀨同學變成朋友呀！」

「…………」

順一瞬間臉上重現光彩，不過很快又覺得哪裡不妥似的黯淡了下來。

她心想，菜月只是出於貼心才會那麼說的吧，而且，她也為誤會了菜月的自己感到很不好意思……

啊！菜月閉上眼睛。我真的對這樣的事情很沒輒啊！她心想。

「真的，會好好幫妳的……」

抬頭看著飄著薄薄雲層的天空，菜月小小聲地喃喃自語。

各種尺寸、各種顏色，各式各樣的鞋子站滿了狹小玄關的石子地。

像今天這樣有這麼多客人造訪，可以說是有史以來的頭一遭吧。

悲傷但又優美的鋼琴鳴奏曲，在房間裡迴盪，好久沒有聽到孫子的演奏了。

站在中庭往二樓看的爺爺和奶奶，兩人的視線一交會，便不約而同地露出了溫暖的微笑。

♪內心無法呼喊　明明有想要傳達的想法

菜月內心懷抱著些許複雜的心思，傾聽著拓實的自彈自唱。

跟她一起坐在沙發上的順，則感動到不斷地發出嘆息聲。

大樹躺在地板上，相澤盤腿而坐，岩木則是坐在地上並抱著膝蓋……每個人都聽著音樂然後想著自己的心事。

「……大概就是這樣的感覺……」

拓實轉過身來詢問大家的意見。

岩木有些緊張地抬起頭。

就在這個時候，啪啪啪啪啪……一陣掌聲傳來！順像是終於等到最佳時機似的鼓起掌來。

「還不賴啊！」

相澤說道，菜月也點頭表示贊同。

「嗯，這一首曲子跟最後一幕的那種寂寥的感覺非常合拍。」

看到岩木鬆了一口氣的神情，相澤忍不住笑了出來。

「當岩木說要從古典樂的樂曲中挑選的時候，我還想說該怎麼辦才好呢。」

一職閉著眼睛的大樹，也不知道到底是有在聽還是沒在聽，結果此時他彈跳起身說道：

「這首『悲慘』真是選得好！」

「是悲愴！」

岩木的眼睛瞇成三角形。

「沒有差很多吧。」

「差很多好嗎？快向貝多芬道歉啊你！」

「那麼，總之現在所有的歌曲都已經決定下來了，對嗎？」

拓實掃過每個人一眼。

「太好了！那麼接下來就只剩編曲了！」

相澤大大地伸展了自己的身體並說道。

「歌詞說不定也會有需要調整的地方。」

拜託要快一點唷——岩木用表情做出暗示，負責寫故事的順也點點頭回應。

「然後還有編舞以及彩排。」

菜月邊在腦海中思考著所有的細節邊說道。

「不管怎麼說，所有事情我們已經一件一件在進行了。」
「對啊！不過說起來也真的是很耗時間呢。」
相澤和岩木都各自發表了高見。
「說的也是呢，要從這麼多的音樂裡面挑選，還真的是很困擾啊。」
「不過在這個房間會讓人熱血沸騰呢。」
拓實用手輕觸著鋼琴，沒有再繼續搭話。
而順注意到，菜月正以溫柔的眼神注視著拓實。

「真不好意思，還讓妳來幫忙……」
拓實的奶奶一邊將六人份的熱茶倒入茶杯一邊說著。
從櫥櫃中幫忙把甜點的罐子拿出來的順，聽到奶奶的話之後急忙搖搖頭。
上完廁所之後，順因為聽到廚房有些聲響，所以就跑去一探究竟，結果看到奶奶自己一個人在準備要給大家喝的茶。當順正想要用手勢表達自己可以幫忙的時候，奶奶就搶先說道：
「妳來得正好！」
「啊，妳拿這邊的容器去裝那個和菓子。那個很好吃喔……」
奶奶哼唱著可以表達當下心情的旋律，並且開始在水龍頭下方清洗等一下要用的餐具。
爺爺則正在客廳看報紙。
「那個，剛剛的那首曲子……彈奏那首曲子的人，是小拓對吧？」

奶奶拿著抹布擦了擦手，並回過頭來探問。順點頭回應。

「嗯……那首曲子啊，我兒子也很喜歡喔……」

奶奶邊說邊望著遠方，眼睛瞇成了一條線。

「小拓鋼琴彈得很好，所以以前親朋好友們老是會聚集在那個房間，一起聽他彈琴……」

順把手機拿出來，把寫好的訊息用手機螢幕遞給奶奶看。

「哎呀，這是什麼呀……我來看看……」

一雙老花眼讓奶奶把手機拿近拿遠、拿上拿下，但是螢幕上的小字奶奶似乎還是看不清楚的樣子。

「你們在做甚麼啊？」

此時，拓實走了進來。因為順離開了許久都沒有再返回房間，所以他就過來看看狀況。

「啊，小拓，你來看看這是什麼？」

藉此機會奶奶將順的手機遞給拓實。

順嚇了一跳。

「嗯？」

完全不管在一旁非常焦急的順，拓實看著手機的螢幕。

『拓實的雙親呢？』

拓實發出一聲「咦？」並看著順。

運氣真是太背了。順雙手疊在一起，看來一副欲言又止的模樣。不過拓實卻朝著順露出笑容，彷彿是在說「沒關係的」。

拓實端著放滿茶杯的盤子，順則拿著裝有和菓子的容器，兩人一起走出了廚房。

「我們家也是，爸爸跟媽媽離婚了。」

「…………」

「我家的情況是媽媽離開了我們，爸爸則是因為工作很忙，所以就把我寄放在爺爺和奶奶這邊。一年如果能見到爸爸一面就已經算是很好的了。」

「咦，是小拓啊？」

岩木站在樓梯上方往下看著兩人。

「需要幫忙嗎？」

「不用，沒關係，我們馬上就上去。」

順和拓實的對話就這樣畫下句點，雖然拓實說得若無其事的，但順總覺得拓實心上深深的傷痕一定還藏有其他的故事。

一邊喝茶一邊閒聊些無有意義的話語，把點心都吃完了之後，大家一起站了起來。

「那麼我們該回去了，今天真的是打擾了。」

「學校見吧。」

「小心一點喔。」

大家你一言我一語地道別，離開了拓實的家。

要先去一趟書店的岩木和相澤，途中就先離開了，剩下的三個人一起搭著公車回到車站。

公車到站後順要用走的回家。

「再見。」

菜月揮手道別，並且率先進入閘門。

順也揮了揮手，然後帶著些許在意的事情慢慢往家的方向前進。

「…………」

突然之間，順感覺到後面有異狀。她立刻向前疾走，手裡緊緊握著手機。

剛好，火車柵欄放了下來，順只好硬著頭皮停下腳步。

她察覺到身後的那個人也停下來了。

順猛然轉身，並把握著手機的那隻手伸了出去。

「怎麼了？」

大樹露出了驚訝的表情。

『你沒搭上那班電車沒關係嗎？』

為什麼大樹沒有進去車站，甚至還跟在順的後面，離車站越來越遠。

「……啊，因為醫生說過我還不適合去跑步，最好是用走路的方式……」

說明到一半的時候，大樹突然露出非常抱歉的表情。

「還是說妳不想跟我一起走？」

看到順搖了搖頭，大樹才終於放下心中的大石。

噹噹噹噹……火車路口的柵欄跟著警報聲響降了下來。

短暫的沉默之後，大樹看著上方，「呼……」地吐了一口氣。

「說起來真的好厲害喔。相澤和岩木，對音樂好熟悉……坂上則是會彈鋼琴，這真的好帥！」

「…………」

「班上的其他同學也是，每個人都擁有屬於自己的才能，成瀨也是……」

順歪著頭，往上看著大樹。

經過柵欄的這班車應該是特快車，來的時候捲起劇烈的風，但是一轉眼列車就遠離了。

「……啊，從以前到現在，我一樣還是什麼都不懂。」

大樹笑著自己所碰到的情景，順的視線則是漂移開來了。

順再次操作著手機，然後再次將畫面遞給大樹看。

「……什麼？」

『田崎同學真的很厲害，而且還自己察覺到不足之處。』

大樹察覺到順的笑容有些寂寞，有點不好意思地說道：

「……都要怪那些乳臭未乾的臭小子們。」

火車柵欄往上升起了。

「好了，我們走吧！」

大樹率先往前走去。

心情落在肩膀上的順，就這樣跟在後頭。

……敗給了自己的悲傷，我也一樣什麼都看不見……

那天晚上，順將筆記本攤開，一直到很晚都還一直坐在書桌前看著資料。

少女得到了非常多尊貴且幸福的語言，但她卻沒有注意到讓王子殿下感到悲傷的事情。

少女究竟給王子殿下留下了什麼樣的話語呢？

※

隔天放學後，拓實看完順傳過來的簡訊，立刻驚訝地回信問道：

『妳想要修改結局？』

順表情認真地點頭。

「但是，成瀨……」

站在走廊上討論的時候，訊息再次傳來。

『這個就是新的結局。』

拓實收下順所遞過來的資料。教室裡，相澤他們幾個演妖精的團體好像開始在練習了。

拓實開始出聲把內容讀出來。

「在行刑之前，王子了解了少女內心所有的想法，因此他選擇保護少女。在王子的說明下，人們也都原諒了少女所犯的錯。少女、王子，以及所有人都聚在一起，迎接最後的 happy ending……」

以奇妙的表情聽完之後，順立刻傳了訊息。

『我想對那些上了年紀的觀眾來說，有個美好的結局大家還是會比較開心吧……』

「嗯，總之現在結局改變了，所以要再找一首曲子來搭配，對吧？」

兩個人討論完之後，聽到從教室裡頭傳來一陣不是很熟練所以結結巴巴的歌聲。

『時間不夠了，況且悲愴是很寂寥的曲子，如果將其切斷，只有最後一段用別的音樂的話……』

「……嗯……說得也是，現在的歌詞也寫得不錯。」

拓實對順說道，然後他抬頭向上看，彷彿是在思考著。

「的確是很灰暗沒錯，那一句『大聲呼喊著，我愛你』，有一種被壓迫的感覺，讓人感受到這件事情很重要……」

說到這裡，順突然注意到關於自己的一件事情。

「嗯，不過快樂的結局一般人的確是比較能夠接受……」

「停停停！」

教室裡迴盪著相澤大聲喊停的聲音，將拓實的話給截斷了。大家都很好奇到底發生了什麼事，所以門打開了，有很多人在窺伺。最後，大家一起集中在後頭議論紛紛的。

「相澤，到底什麼事啊？」

「有哪裡出問題了嗎？」

岩木和石川不約而同問道。

「不，倒不是有什麼問題……」

相澤用手機把音樂暫時先關掉，接著露出了非常為難的表情。

「那不然是什麼事？」

「相澤？」

同樣也演出妖精的北村和澀谷昭久都出聲詢問。

「嗯……」

相澤像一個哲學家似的，眉間布滿了皺紋，並且不斷繞圈圈走著。

「是這樣的……這首歌曲是在闡述我們這些邪惡的妖精，欺騙了少女、把街道燒得一乾二淨，並且將所有人都殺掉了，對吧？在這樣的情況下，配上歡樂的歌曲真的好嗎？」

「照你這麼說是沒錯。」

「但我們是騙人的那一方，所以這也是理所當然的不是嗎？」

岩木和北村持反對意見。

「歌詞的內容和歌曲之間的感覺有落差也是常有的事吧。」

「那個差距其實也很有趣啊？」

接下來是石川，以及總是安靜聆聽的澀谷所提出的意見。

「差距……」

聽了大家的意見交流之後，拓實出神地喃喃自語道：

「黑暗的歌詞……歡樂的曲子……要將兩者不同風格的東西結合在一起……」

慢慢地，那個影像越來越清晰了……

此時，城嶋終於來看大家練習了。

「啊，來得正好。小嶋……老師，那個，我們接下來想要使用音樂教室，可以嗎？」

「成瀨，不好意思，我突然想起了一些事情。」

拓實將順帶到音樂教室的鋼琴前面。

「就是關於那個故事最後的部分……」

「……………」

順垂下眼睛。

不要說不行、不要說不行！拓實以閃電般的速度接話……

「那個，我也是贊成快樂的結局，但是原本的結局我認為氛圍更為成功……」

拓實改為面向鋼琴，用左手彈奏起悲愴。

「唔……快樂……快樂……嗯……」

對了！他邊想邊將右手放到琴鍵上，同時彈奏出『over the rainbow』這首歌。

「這是先前在課堂上聽過的歌……」

將兩首曲子重疊在一起成為一首，這樣的想法讓順的眼睛為之一亮。

「喔，結果還挺合的對吧？」

「…………」

順不知大力地點了幾次頭，感覺得出來她很喜歡這樣的方式。

「……以前的音樂劇，常常會有將兩首完全不同的歌曲，在同一時間唱出來的情形……那是非常棒的解決方式。聽了相澤他們的討論之後，我才想到這個辦法。」

彈到一個段落之後，他的手停了下來。

「這也是我爸教我的技巧。」

拓實邊說邊轉向順。

「昨天我要跟妳說的事情說到一半。」

跟我說的事情……順歪著頭等待著。

「我的爸媽在我上國中之前，就經常有爭執吵架的情形。」

總算知道原因了，順屏氣凝神。

「我媽媽希望我可以去讀私立學校，但那時候我因為很喜歡彈鋼琴，所以發動了反制，而爸爸就是幫助我最多的人……大致上是這樣。結果，我就這樣上了公立的學校，但爸媽的感情就此每況愈下……後來發生的事情就跟昨天說的一樣了。」

拓實再次把手放到鋼琴上去。

冰冷、光滑，令人懷念的感觸。

爸媽離婚了，跟菜月也漸行漸遠，沒想到就連自己最喜歡的鋼琴，也不知道從甚麼時候開始就不再彈奏了。

「……一切都是因為我的自私所造成的，但我卻什麼都不能做……什麼都不能說……一想到這些事情都是我造成的，就連碰到鋼琴也會覺得很可怕。」

但是，在彈鋼琴給順聽的時候，不知道為什麼並沒有任何害怕的感覺，真是不可思議，手指非常享受當下的彈奏。

——仔細想想，可以和菜月再次正常地談話，也是拜順所賜。

順把手機地出來給我看：

『絕對沒有哪件事情是坂上同學造成的……』

「咦？」

看到順認真的表情，拓實「噗」地笑了出來。

「就像成瀨家所發生的事情，我也認為那不是妳的錯，道理相同。」

「！」

「一定是這樣的吧。任何東西或是任何一個人，絕對沒有百分之百一定是好的，或一定是壞的。」

拓實用眼神巡視四周。

「總之，我想說的是，不管是哪一個版本的最後一幕，如果都是成瀨心中『真正想要表達的想法』，那不論如何都應該讓這兩個版本都成立……」

雖然有點不好意思，可是拓實察覺自己就是想要這麼做。順突然往下看著拓實。

「……我是這麼想的……」

會不會多此一舉了呢？拓實的聲音越說越小聲。

順把臉埋在螢幕中，開始輸入訊息。

拓實的手機收到簡訊了，他打開閱讀，同時心裡有點在意順的狀況。

『坂上同學真的很厲害。』

「咦？我沒有……」

還有點搞不清楚順的用意，下一封信就又來了。

『坂上同學真的很厲害。』

『真的很厲害。』

順繼續打著訊息。

「成瀨……」

啪搭啪搭的淚水，落在順腳邊的地板上，讓地板染上了顏色。

『可以再彈一次給我聽嗎？』

『我想認真再聽一次，然後把我想傳達的想法，在歌曲中全部填滿。』

『把我的心情，全部……』

拓實的表情瞬間放鬆許多，他把手機放到鋼琴上，接著開始為了順慢慢地彈奏著。

順就這樣把頭偏向一邊，讓音樂全部灌注在耳朵裡。

「我的……王子殿下……」

從內心深處湧現的話語，已經滿溢開來。

※

就在準備工作如火如荼地展開的同時，二年二班將有精采表演的八卦也迅速傳開，每天放學後，只要開始在教室練習，走廊上就會聚集許多來看熱鬧的人。

幾乎每個人都覺得很不好意思，但沒想到順卻沒受到任何影響。好像有什麼好事發生了似的，順總是用非常陽光開朗的表情在唱歌。

看到順這樣，大樹也非常開心。

終於，學校的公布欄將各學年要表演的傳單張貼出來了。

那天晚上，帶著滿身疲憊回到家的泉，在餐桌上看到了一張紙。

是地方溝通交流會的傳單，還貼了一張小紙條，上頭寫著「可以的話請來看看我們的表演」，那是順的字跡。

『少女・成瀨順』

居然可以受到信任擔綱演出女主角，泉有點無法置信地看著傳單。

「啊！明天就要正式表演了！歌詞什麼的都讓人好不安喔……」

一大早在鞋櫃替換室內鞋的陽子泫然欲泣地說道。

「我也是啊。就算是強裝鎮定也還是會有不安的地方啊！」

明日香也是比平常都還要來得沒自信。

「對啊。」

一旁的菜月聽著兩人的對話，一雙眼睛則停留在玄關的方向。

拓實將背包掛在肩上，一如平常地走了進來。

「坂上，早安！」

陽子舉起手精神奕奕地打招呼。

「早安，你們好早喔。」

「你才知道。」

不知道為什麼陽子感覺有點得意。

進到樓梯口，拓實看到菜月便停下了腳步。

「啊，仁藤，中午體育館的使用許可……」

「啊，對耶，不好意思，我馬上去申請。」

菜月沒有把拓實的話聽完就像是要逃避似的轉過身快步離去。

「咦，我的意思是……」

「菜月，等一下！」

陽子啪搭啪搭地朝著先行離去的菜月追了過去。

「……」

拓實目送默默無言的菜月背影，獨自留在現場的明日香看起來似乎有話想說。

地方溝通交流會前日，晚上八點鐘。

在體育館的正中央，可以看到站在舞台上的城嶋正在指揮調度所有事宜。

音樂停止之後，他「嗯嗯嗯」地拉長下巴點了點頭，然後用雙手大大地比了個○。

「OK！總彩排全部完成！」

演員都正在舞台上手牽著手一起舉得高高的，所以興奮的聲音也就同時爆發出來。

「太好了！」

「終於搞定了！」

「哇！歌詞唱到一半就忘光光了啦！」

「我也是！」

「好吧，現在時間也不早了，大家一起收拾收拾準備回家囉。」

城嶋邊看著手錶邊說道。

「什麼！」

「別抱怨了，明天是一年級的要先使用這個舞台，所以一定要好好收拾乾淨喔！」

看著舞台上這些懶惰蟲上身的學生們，城嶋呼了一口氣並用手撐著腰。

「那麼，趕快開始動作吧！」

拓實說道。好的，大樹也點頭回應。

「嗯，那我們先從大型的東西開始收起吧。」

這時候，三嶋穿著髒兮兮的制服，從體育館的出入口走了進來。

「唷呼！我帶了幾個強而有力的壯丁來囉！」

「哇！」

「三嶋？」

看來三嶋似乎是利用了隊長的特權，把剛做完練習的棒球隊員都帶過來幫忙了。

「這不是棒球隊的人嗎？」

「太好了！」

「小樹！」

只有一個甜滋滋的聲音，那當然是陽子的呼喚。

站在三嶋身旁的山路，把帽子拿下來之後深深鞠了個躬。因為還是處於炎熱的夏季，白天的高溫在晚上還沒有完全散盡，所以夥伴們全都汗流浹背。

「這些傢伙……」

大樹用很男人的方式低聲細語，在一旁的順則感到不可思議似的看著他。

二班的學生再加上棒球隊的隊員，一群人熱熱鬧鬧地展開環境的整理與清潔。

「根據現場的使用方式，從會先用到的依序往後排。」

「這個要拿到哪裡去呢？」

「那個是易碎品，搬的時候要小心喔。」

大樹把手邊的瓦楞箱搬起來，沒想到箱子比他預期的還要重。

「唔……」

這時候，一雙手伴隨著一句「我來幫你」伸了過來。

是山路。

「啊，不好意思……」

大樹對著山路露出笑臉，山路則有點不好意思似的把視線移開了。

「別客氣，不過，那個不要緊嗎？」

他指的是大樹受傷的手肘。

「嗯？啊，終於拿到醫生的許可，下周就可以一起加入練習了。」

大樹的右手一開一闔地，然後手肘動一動並握住拳頭，一臉認真地看著山路。

「就請你再稍微等我一下。」

山路一時之間不知道該說些什麼。還是一如以往的，正中快速直球，一好球！兩個人都是這樣的個性……

「……來！」

對山路來說，這就是最認真且正式的回應。他轉過身背對紙箱開始幫忙搬運。

明日香用雙手把裝著演員服裝的大型塑膠袋拿下舞台樓梯，然後對著後方喊道：

「啊！菜月，如果要回教室去的話，這一袋也麻煩妳囉！」

「等一下，那個……」

菜月想用單手把塑膠袋抬起來，但看來有點太勉強了。

「嗯，那坂上也一起去好嗎？」

明日香對著正用拖把在拖地的拓實說道。

「什麼？」

「咦！」

真沒想到兩個人會獨處……喔不，應該說是被安排了獨處比較恰當。

國中二年級的時候，為菜月打前鋒幫忙追拓實的，正是明日香。

像是打聽出拓實是不是有喜歡的人；情人節的告白計畫也是她幫忙的……

因為有一層關係，所以當兩人沒辦法繼續下去，正確來說應該從初戀變回好朋友，明日香就一直很在意。

……但是，有點做過頭了。

在通道走廊上，菜月走在前面，拓實則小跑步追了上去。

「喂，仁藤……」

菜月假裝沒有聽到，低著頭啪搭啪搭地加速前進。

「……那個，妳最近是不是有點奇怪啊？」

「……哪裡奇怪？」

菜月氣呼呼地回問。

「哪裡啊，就是……」

什麼嘛，這種曖昧的回答。

根本就還像國中二年級那時候一樣，對問題視而不見，只會逃避。兩人維持著最低限度的談天內容，交流會的工作也都有好好配合執行。

——但是，因為先前偶然在音樂教室前面，看到坂上同學和成瀨同學互動的情景。優雅的鋼琴聲，彷彿被成瀨同學的眼淚包起來，美麗且具重量感的旋律，讓兩人的心靈互通、合而為一……

「總之我沒有什麼奇怪的地方。」

菜月積了滿肚子氣正想出聲回應的時候，一個令人震驚的畫面卻突然映入眼簾。

一瞬間她的臉就熱了起來，感覺就好像要暈倒了一樣。

「咦，怎麼了？」拓實走過來問道。

頭腦一片混亂的菜月再一次看著事件現場，然後慌張地對著拓實搖搖頭。

「唔？」

拓實一臉訝異地看著事件的方向，結果一張臉立刻變得比菜月還要紅。

三嶋和陽子，正在走廊的暗處接吻。

「嗯……」

陽子一臉沉醉地移開嘴唇。

「真是的，小樹真是個壞孩子……」

「我也沒辦法啊，像這樣忙著準備，根本就沒有時間兩個人好好相處……」

聽得到兩人香豔刺激的對話。

「唉唷，那也不要選在這種地方啊……」

「但是，不覺得在這裡讓人更興奮嗎？」

「唔？嗯……」

兩人又再次開始接吻。

菜月看到整個人僵住，好不容易才回過神來，而拓實還無法動彈。她輕輕敲了敲塑膠袋催促拓實，接著便快步離開。

慌慌張張的拓實隨後也追了過去。

「真是的，他們兩個是怎麼回事啊，現在明明這麼忙……」

兩個人走了一段距離之後，菜月用氣沖沖的話語來掩飾害羞的情緒。

「就算兩個人在交往，也不應該在學校做那種事吧……」

「……在交往……」

後方的拓實喃喃地說了一句。

菜月停下腳步轉過身來，拓實也跟著停下，眼中充滿不安的情緒。

「什麼？」

「啊，那，仁藤妳也有交往的對象了，對嗎？」

菜月提著塑膠袋的手抖動了一下，因此她加強了手的力量。

「……為什麼這麼說？」

「呃，那是前幾天田崎跟我說的……」

說溜嘴了──拓實心裡想。

……菜月一點都不想從拓實口中聽到這些事情。而且，她還想起那時候被說得啞口無言的過去……

「仁……仁藤？」

拓實的聲音聽起來有些驚慌失措。

菜月想要回身瞪拓實，突然發現到，在她沒有意識到的時候，眼淚從她的雙頰滑落。

她將塑膠袋放在地上，慌慌張張地擦著眼淚。

「仁……」

「你不要過來！」

菜月以強硬的口氣制止正想靠過來的拓實。

「……但、但是……妳……妳在哭……」

她能夠了解拓實的擔心，但就是因為這樣的溫柔，才會容易讓人誤解啊笨蛋！

「喂，仁藤！」

「不要管我。」

菜月情緒激動地說。

「……不要管我了，剩下的我自己來就好了，你把手上的東西放著，趕快去成瀨身邊吧。」

拓實露出困惑的表情。

「……什麼？為什麼成瀨的名字會在這樣的情況下被提到呢？」

「當然是因為你喜歡啊！你喜歡成瀨同學對吧？」

已經全部都亂了套了。

「等、等一下！妳在說什麼啊！我並沒有喜歡成瀨啊！」

拓實慌忙地探出身。

「呃……但是，你很在意成瀨的事情不是嗎？」

總是這樣、總是這樣……那時候受了傷，對順充滿忌妒之情，討厭自己這樣但又無計可施。

「啊，我是很在意啊！但那是因為，該怎麼說呢……之前我也說過了，因為成瀨真的很努力，所以我才會想要幫助她……」

「那不就是喜歡嗎？」

菜月立刻回問。

「當然不一樣啊！」

拓實搖著頭，把物品集中在一隻手上，然後空出來的那隻手則摸著額頭，一副不知道該怎麼辦的慌張模樣。

「……怎麼可以就這樣任意決定別人的想法啊！」

「是這樣嗎？我不知道啦……」

國中二年級時的某一天，菜月和拓實和好了。因為，菜月終究還是很喜歡拓實。

那一天放學後，菜月承受著眾人的目光，打算將寫著自己 e-mail 帳號的道歉信遞給拓實。

但是，就在要給出去之前，拓實回答道：「我並不在意啊。」

拓實沒有生氣，甚至臉上還掛著溫柔的微笑。不過那一瞬間菜月感受到了，兩個人之間看不到摸不著的隱形高牆……

那時候凍結的感情，直到現在也還未能融化。

「……坂上同學的想法我完完全全無法理解！」

菜月猛然說出口話語，讓拓實驚訝得抬起頭。

「……原來，是這樣啊。」

「……？」

「沒有人能理解，如果心裡想的事情……不好好說出來的話……」

拓實閉上眼睛，然後下定決心了似的睜開來，正面看著菜月的眼睛。

「我——很後悔。那時候我明明知道仁藤向我伸出了手，但我卻沒有做出任何回應。所以，當我看到成瀨那麼努力，我……我才會想說這次不可以再犯同樣的錯！」

像是要阻止拓實再往前踏出一步似的，菜月開口說道：

「我啊，在那之後覺得我們兩個人的關係就這樣懸在半空中……不過，我想那樣也不錯。如果問了，開口說了，就可能永遠結束了……」

「……那麼……那個，妳說有交往的人是……」

「但是，這樣是不行的！因為我心裡很清楚這樣下去是不會有結果的，所以我才會，在後面幫助你……」

「仁藤，我……」

就在這個時候，咚……咚……巨大的聲響在校園內迴盪。

嚇了一跳的兩人不約而同轉頭望向聲音傳來的方向，但那邊杳無人煙，四周又恢復平靜。

結果不知道為什麼剛剛的話題就這樣斷了線，兩個人都沉默了下來。

「……差不多該走了，大家都在等我們。」

菜月緩緩地將腳邊的塑膠袋提起來，開始向前走去。

「仁藤……」

「對不起，現在我已經什麼都不想聽了。」

這句話讓拓實變得無法動彈。菜月繼續說道：

「但是……我很高興可以再聽到你彈鋼琴……」

「……」

菜月的背影慢慢地越離越遠，不久後，拓實也跟了上去。

呼呼呼呼呼呼呼呼呼呼呼呼呼

哈啊啊啊啊啊啊啊啊啊啊啊啊

聲音出不來，只有劇烈的喘息被隨著順走在闃黑的小路上。

——抱著大家拜託她幫忙拿的包包，順來到玄關，準備前往體育館。

因為聽到拓實的聲音，順一瞬間露出了笑容，但是……那真的只是一瞬間而已。

——我並沒有……喜歡……成瀨！

順站在玄關，拓實和菜月的談話聲音近在耳邊。

即使是順，當下也清楚明白了，拓實的心裡真正喜歡的人是誰。

那一瞬間，順手中的包包掉落到地上，發出了巨大的聲響。

「……嗚……哇……啊啊啊啊啊啊啊啊——」

因為從學校衝出來之後，順就一路一直往前跑，所以雙腳跑到打結，害得順往前跌倒。

「……嗚……」順打算要爬起來，膝蓋卻痛得要命。「好痛……」

膝蓋處的褲襪破了，皮膚也擦傷了。

因為壓著膝蓋叫了幾聲的關係，結果變成肚子痛了起來。

「好痛！痛……痛……痛……」

順抱著肚子蹲伏在路邊，身體不停顫抖，在漆黑的夜裡嗚咽悲鳴。

「……好痛啊！」

「痛的不是肚子吧。」

一個熟悉的聲音傳來，順彈也似的抬起頭來。

——是蛋哥。站在順眼前的正是蛋哥。他戴著一頂裝飾著紫色腰帶、帽沿寬大的黑色帽子，上頭還插了一根華麗的羽毛。

「真正痛的地方，是妳的心。」

「……………」

「那是青春的痛楚。」

蛋哥將手搭在帽子上，猛然將劍柄舉起來。

「妳破壞了我給妳的封印。」

「我沒有講話，幾乎完全沒有！」

下意識地探出身體，雙手趴在地面上。

「呼呼，說話這件事情啊，指的可不是話語而已喔。」

蛋哥不耐煩地手勢脫下帽子，然後朝順靠近。

「妳啊，就是在心裡說太多話了。」

「……………」

「坂上拓實……」

順的身體變得僵硬，但是聽到這個名字還是吃了一驚。

「好喜歡好喜歡好喜歡好喜歡好喜歡好喜歡……」

不知道什麼時候，順已經變成了故事中的少女。

「不要！」

順用手塞住耳朵，用全身的力量放聲大叫——完全忘了封印這件事。

啪啦！一瞬間，雞蛋上產生一道裂痕。

「看吧，妳的雞蛋已經布滿皸裂的痕跡。啊……妳看，要出來囉！黏糊糊的蛋白，幫助孵化的蛋黃……」

從雞蛋中溢出的高黏度液體，混雜著紅色、白色和黃色，現正從順的兩手間滑落到地上。

「啊……啊啊……」

「我對妳太失望了，不如就此放棄吧，結束這一切吧……」

順的腳邊已經有一面流滿了濕濕的蛋液，而且還不斷地從上面流下來……

「那麼，終於……」

「！」

順突然之間陷入的蛋液之中。

一會兒之後，在漣漪的中心，就只剩蛋液的顏色了。

蛋哥發出令人毛骨悚然的笑聲並說道：

「——炒雞蛋！」

最終章

在像是煤煙的白色天空中，飄飄蕩蕩地落下舞動的白雪。

雜木林中的階梯、橙色的柿子、玉林寺前吊掛的雞蛋……

早晨的街道上到處都能聽到親切的問候聲，所有人都被寒冷凍得不住發抖。

薄博的積雪像張地毯一般，順的室內拖鞋在雪地上留下了痕跡。

雙腳像是綁了鉛塊一樣沉重，導致速度也越走越慢，最後終於停了下來。

黑色褲襪下方的膝蓋覆蓋著紗布的地方，傳來陣陣痛楚。

順好像感到有點刺眼似的仰望著天空，雪花在微弱的晨光照耀下閃亮亮落下。

順的背影和雪一起迅速地融化消失。

※

校門旁立著一塊寫明『地方溝通交流會』的看板，五顏六色的傘都被吸進了校門裡去。

「在這個時候居然會下雪呢。」

「真讓人緊張啊，我的輪胎還沒換呢。」

那是今年的交流會上將上台表演的學生家長們。

「今天有什麼表演呢？」

「唱歌以及……音樂劇？這什麼啊。」

也有住在附近的人，因為每年都很期待所以主動前來參加。

「哇，好冷喔！」

「你有帶暖暖包嗎？」

在排滿折疊椅的體育館內，來賓陸陸續續走進來。

牆壁上的時鐘顯示距離開場還有三十分鐘。

二年二班的教室裡吵吵鬧鬧的。

「喂！還沒找到嗎？成瀨同學！」

跑到特別教室去搜索的明日香，上氣不接下氣地回到了教室。

「不行，其他人也沒有任何消息進來……」

先行回來的菜月臉上布滿烏雲。

「學校裡的每一個地方都已經找遍了。」
「跑去外面找的那些人也沒有回報狀況。」
三嶋邊確認手機螢幕邊說道。
「真的在學校嗎？」
相澤點出關鍵。
「但是她的鞋子還在鞋櫃裡頭啊。」
發現鞋子的陽子微惱地說。
「坂上，手機呢？」
三嶋朝著站在講台上的拓實問道。
「不行，聯絡不上，直接進語音信箱了……」
拓實手肘撐在講桌上焦急地搔著頭。
就在這時候，手機收到一封簡訊。拓實馬上挺起上身查看。
是成瀨！
『對不起』這個主旨給人不好的預感。
「……咦？」
看完簡訊的內容之後，拓實了解狀況了。
「……為什麼……」

『我無法成為女主角。我太過得意忘形了，真的很抱歉。』

「無法成為女主角……這是什麼意思啊？」

站在一旁的三嶋看了手機螢幕後立刻大喊，結果頓時之間教室的每個角落都傳來驚呼。

「怎麼會突然變這樣？」

對著心情低落的菜月搖了搖頭，拓實再次嘗試撥打順的手機。

「還是沒接……看來，我們這邊已經沒辦法了……」

「現在該怎麼辦啊！」

「沒有女主角根本沒辦法開演啊！」

相澤和岩木一起仰天長嘆。

「她逃走了嗎？」

「大概吧……」

負責化妝的栃倉和小田桐眉頭緊皺地互咬耳朵。

「接下來該怎麼辦？」

「不知道耶……」

北村好子和高村佳織面面相覷，不安的情緒全寫在臉上，而負責擔任旁白的賀部成美也在這時候抬頭看著牆上的時鐘。

「一年級生的表演差不多要開始了。」

這時候，鈴木章子晃著一頭長髮咻地轉身，好像想到了什麼似的開口說道：

「成瀨同學昨天突然說有急事要處理，這會不會有什麼關聯吧？」

聽到這一席話，大樹立刻說道：

「對了，你們兩個昨天晚上回去教室的時候，有碰到成瀨嗎？那時候她有沒有什麼異狀啊？」

「咦？昨天嗎？」

菜月回問。

「你們不是幫忙把東西拿回教室嗎？那個時候成瀨也剛好回去拿包包。」

但不知道為什麼，順在體育館的入口轉交受託去拿來的包包，並且只留下一句「我還有其他急事，先回家了」。

「那個時候……」

拓實驚訝地說道：

「也就是說……那個聲音是……」

菜月不假思索地用手摀住嘴巴，從教室傳來的聲響，原來是……

「被成瀨同學聽到了……」

「被聽到了？什麼意思啊！喂！」

大樹湊近臉色蒼白的菜月和拓實。

「那是……」

這種事不可能說出口。拓實眼神飄移、結結巴巴，剛好這時候，外出搜尋的男子三人組福島龍二、清水還有岩田回來了。

「找到成瀨嗎？」

「學校外面我們也都找遍了……」

三個人邊走進來邊說，但大樹怒吼一聲「搞什麼鬼啊！」打斷了他們。

「你們在這麼重要的關鍵時刻到底在搞什麼？」

他怒氣翻騰狠狠敲了書桌一下。

「喂，阿大……」

三嶋試圖安撫，但大樹已經氣到像是全身都在冒火。

「但……但還不知道這是不是起因，那個，不知道成瀨是不是因為我……」

「因為你……你說是因為你……！」

大吼大叫打斷拓實的話之後，大樹就像是要把牙齒都吞下肚去似的把已經衝到嘴邊的話硬生生壓下去。想說的話多得像山，但那都不是現在這個時間點該在這個地方說的。

看著力量灌注在下巴拚命忍耐的大樹，拓實低著頭一句話都說不出來。他打從心底對於粗心又遲鈍的自己感到生氣。

「該怎麼辦……我……」

「菜月……」

明日香把手搭在淚眼汪汪的菜月肩上安慰她。

「咦？什麼？總之……」
「這就是所謂的三角關係嗎……」
栃倉和小田桐以不可置信的表情看著對方。
「成瀨不來的原因就是這個？」
「不可能吧？」
搞什麼啊、太糟糕了吧……非難責怪的聲音此起彼落。
「大家都這麼努力在準備耶……」
這的確是事實，拓實也沒有辦法做任何辯解。
「都白費了。」
「成瀨真的是太糟糕了。」
「！」
已經演變成指名道姓的怪罪了。瞎子也看得出來現在現場的每個人都把順當作發洩怒火的箭靶。
「喂……」
大樹瞪著拓實。
「你打算……要怎麼做？」
「……我……」
這時城嶋從站在門口的福島等人中擠了進來。

「哎呀，果然成瀨家裡沒有任何人出來開門……怎麼了這是？」

他立刻察覺到教室裡緊繃的氣氛，隨即向身旁的清水詢問。

「啊，那個……」

「同學們，對不起！」

站在教室前方的拓實，突然朝著大家低下了頭。

一瞬間，大家都安靜了下來。

「……這又不是小拓的錯……」

雖然很感謝相澤出聲幫忙說話，不過拓實還是低著頭繼續說道：

「我們提出想法之後，在大家的協助幫忙之下，終於有了今天的成果……但，卻因為成瀨的關係，一切可能就要泡湯了。我覺得這樣的背叛真的很糟糕。」

垂放在大腿兩側的手用力握緊拳頭。

大樹以嚴峻的目光盯著拓實，菜月則一臉痛苦的模樣，他們現在能夠做的也只有這樣了。

「但那傢伙的態度非常認真，無論如何就是想把事情做好，明明說話會讓她肚子那麼痛，她仍舊拚命忍住，這些我都看到了。」

突然就在教室裡唱起歌來的順。

激動吶喊著希望能把內心深處真正想說的話，化成歌曲唱出來的順。

對相澤所編的曲子感動不已的順。

在簡餐咖啡店喝斥棒球隊隊員的順。

在遴選主角的時候，她下定決心舉手爭取。
休息時間她努力修改劇本，放學後跟大家一起留下來練習唱歌。
還有，終於把所有想說的話都寫進去歌曲裡，在音樂教室忍不住眼淚潰堤弄濕了地板的
順……
——成瀨一直一直都很努力，比我們任何一個人都還要努力。
拓實抬起頭，正面看著大家說道：
「所以，我想去把她找回來。」
「什麼？」
三嶋、陽子和明日香三個人非常有默契地同時發出驚呼。
「等等，你在說什麼啊？」
「如果連坂上也不在的話那該怎麼辦啊？」
小田桐和錦織強烈反對。
菜月睜大了雙眼一句話都說不出來，岩木和相澤也是如此。
——喔不，拓實這麼做的話才稱得上是男子漢啊！
大樹臉上露出微笑，岩木則驚訝地回過頭來。
「岩木！所有的曲子都是你做的，所以你應該全部都會唱對吧！」
「咦？嗯……」
用手搭著一臉困惑的岩木，大樹接著說道：

「那麼，在坂上趕回來之前，王子的角色就拜託你囉！」

「哇……！」

真是天外飛來的重責大任啊！

「仁藤！妳都和成瀨一起練習舞蹈，所以曲子妳都熟吧？就麻煩先代替一下成瀨。」

「咦？哇……我？」

菜月下意識地比著自己。

「妳原本只有一場戲而已，所以我想妳應付得過來吧？」

「岩木演的妖精和王子也沒有重疊的戲份。」

「唔，嗯……」

「是、是沒錯啦……」

「田崎……」

拓實看著大樹，頓時說不出話來。

「所以，我也麻煩大家，無論如何給成瀨一個小小的機會，拜託了！」

大樹氣勢十足地低下頭。絕對不能讓那傢伙失望——如果不是因為順，我肯定到現在都還沒醒悟過來。

「我、我也會全力以赴的！」

菜月向前一步堅定地說道。接著陽子也舉起手來說：

「我會連同菜月的部分一起加倍努力跳的！」

「陽子，先確認一下舞蹈隊型的變動。」

明日香邊說邊將隊形表拿到手上。

「嗯！」

其他人都面面相覷，沒有人再多說些什麼。

「唉，真沒辦法。」

「不管怎麼說，表演也不可能今天喊停啊。」

「嗯，那就換角吧。」

「趕快確認一下歌詞的部分。」

班上的氣氛開始往前推動了。

「岩木！如果你沒有自信的話我也可以演王子喔！」

「相澤，王子的服裝你穿不進去吧！」

「嘖！」

兩人一來一往的搞笑對話讓笑聲像漣漪般擴散開來。

大樹盯著呆若木雞的拓實說道：

「喂……那就麻煩你囉！」

拓實身旁的菜月也朝著他點點頭，彷彿是在說「拜託你了」。

「……好！」

強而有力地回應了一聲之後，拓實就衝出了教室，往腳踏車停車場狂奔。

——等著我吧，成瀨！

※

黑暗中，只有手機的螢幕亮著。

『給成瀨』、『請盡速聯絡』……拓實送了好多簡訊過來。

在一個月前，手機偶而只會接到媽媽傳來的簡訊，內容就像一般的工作事務。

「…………」

順把收件匣打開。

Re：Re：Re：Re：Re：Re：

好幾個回信的標記排列在一起。

把寫好的歌詞、突然浮現腦海的好台詞等等的內容寄給拓實後，他每次都一定會寫點感想然後回傳過來。

有時候如果意見不合，還會整個晚上來來回回討論好幾次……

把簡訊匣往下捲動，找到主旨為『最後確定版』的簡訊並打開。

歌詞最後一句寫的是『大聲呼喊著，丟失的話語……大聲呼喊著，我愛你！』。

「…………」

握著手機的手無力地垂放下來。

然後，順將頭靠在身體倚著的床上。

她的手緊緊握住手機，簡直是想要把手機捏壞的程度。

螢幕的光暗下來了，順的周遭完全被黑暗所包圍。

幸好，降雪停止了，並沒有變得更嚴重。

跟著指示看板的指引到停車場將車停好，換上學校提供的室內拖鞋後便走進了體育館，接著脫掉外套在館內尋找空位。

來參加的人潮比想像中還要多，可說是盛況空前，放眼望去幾乎都沒有空位了……

「哎呀，是成瀨小姐……」

聽到有人在呼喚，泉停下了腳步。

在席間靠近中央的地方，拓實的奶奶正舉起手打招呼。

「一年級生的表演剛結束，我旁邊的位置空著，妳不介意的話一起過來坐吧。」

坐在裡面一個位置的拓實爺爺，也輕輕地點了點頭。

車站內的每個角落都找遍了之後，拓實走出車站，就在這時候接到了陽子打來的電話。

「喂，坂上？」

「抱歉，還沒找到……」

拓實邊說邊踏上腳踏車。

便利商店、水泥工廠，騎著腳踏車到處搜索的時候，也見到人就主動詢問了，但就是沒有任何像樣的線索。

他將自行車先行停放在路邊，然後自己著急地衝上留有殘雪的階梯，跑向玉林寺。

「不是啦！是先過去會場的田崎要我告訴你，他說他好像在觀眾席上，看到成瀨的媽媽了。」

拓實在階梯一半左右的地方停了下來。

「嗯……我知道了，謝謝。找到之後我會立刻把人帶回去的……嗯。」

掛掉電話後手自然垂放了下來。

「可惡……」

不停說著話的順，猛然在腦海裡不停浮現。

「成瀨到底在做什麼啊……！」

這裡是第一次和順聊天的地方。

長長的、長長的，順所寫的故事，她說『於是不能說話的我就此誕生』。

「這麼說來……」

低吟一聲，拓實拿起手機。

那時候成瀨曾說過，故事的起點就在……

拓實抬起頭，回頭望著遠方。

滿滿紅葉的山頭，可以看到三角形巫師帽般的建築。

「城堡的……舞會。」

「還沒要開始嗎？」

「已經超過開場時間了吧？」

體育館裡的在校生區塊，已經開始有些騷動。

「哎呀，好慢呀。」

「嗯……」

接下來要負責表演的是大樹的二年二班。山路一邊想著不知道到底發生什麼事了，一邊隨口回應著身旁的女生。

「爺爺，坐這種折疊椅沒問題嗎？腰會不會痛？」

「啊啊。」

拓實的爺爺奶奶也隨興聊著。

順的媽媽手裡拿著剛剛拓實的奶奶給她的橘子，放在膝蓋上的表演傳單上，手指不停撥弄橘子。

在後台，第一幕的演出者已經在一旁準備了。

「哇！好緊張喔……」
「好多人來看喔。」
「呼……覺得肚子痛起來了。」
「我也是……」
菜月身上穿著簡單的白色洋裝，對著牆壁正專心地練唱。
「♪華麗的城堡啊，每天晚上都金光閃閃，紳士與淑女齊聚在，那一場……」
啊啊！唱到這裡歌聲必須要從小聲到大聲，所以一定得要確認好間隔……
「♪那一場、那一場舞會……」
這時候，城嶋從門後露出臉來說道：
「喂！控場的老師說了，表演已經不能再延遲囉！」
倏地現場的聲音戛然而止，大家互相望著彼此的臉，提起勇氣點了點頭。
不過菜月似乎完全沒有注意到周遭的狀況，依舊自己一個人努力練習著。
「喂，仁藤？」
儘管鈴木出聲呼喚，但菜月太過專心根本沒有聽到。
覺得有些訝異的大樹輕敲菜月的肩膀，這才讓她終於嚇了一跳似的猛然轉過身來。
「啊……什、什麼？」
大樹眼睛睜得圓圓的，笑著說道：
「……怎麼啦，社團活動時穿著短到不行的裙子跳舞，看妳都沒在怕的，難道現在的情況讓妳害怕了嗎？」

「……！」

如果是平常的話，菜月一定會氣呼呼地回個幾句，但現在卻完全沒反應，因此大樹也一臉驚訝。

「……可能吧。」

菜月低頭說道。

「我想我是在害怕吧。的確……一直以來，我其實都在逃避。」

大家都不由自主地靜下來聽著菜月的獨白。

「但是──我再也不想要那樣了。」

菜月猛然抬起頭，眼睛深處散發出強烈的意志。

──非這樣不可啊。大樹依舊微笑著。

「好！那我們上場吧！」

「……好！」

看著這一群自己教出來的學生，城嶋眼底充滿信任。低下頭，他確認一下錶上的時間。

在中間第二道樓梯負責燈光照明的三嶋，從手機看到了表演開始的通知。

下方的明日香也收到了同樣的指示，並轉傳出去。

二樓的音控室裡，相澤用嘴型說著「要開始囉」，端坐在麥克風前方的賀部緊張兮兮地點點頭。

大樹及菜月以認真的神情看著對方，然後一起慢慢地將目光移向舞台上。

嗚……開演的蜂鳴警示音在觀眾席間響起了。

※

『從前從前，在某個地方，住著一個貧苦的少女，她對於城堡裡所舉辦的舞會非常嚮往。』

隨著旁白的解說，布幕緩緩地升起了。

在逆光的舞台上，可以看到一個正專心看著城堡的少女背影。

第一幕『令人憧憬的舞會』，配樂響起了，故事也在賀部的旁白解說下開始展開。

『貧窮但卻喜歡作白日夢的少女，每天晚上都充滿熱情地偷偷觀察著城堡裡所舉辦的舞會……』

前奏結束時，追蹤燈立即打在少女身上。穿著順的服裝慢慢轉過身來的，正是菜月。她開口唱道：

『♪華麗的城堡啊，每天晚上都金光閃閃……』

擔綱罪人角色的學生們，身上穿著華服裝扮成上流貴族，男生女生各分一邊，每個人手都張得開開地從兩旁走出來。

在舞台中會合之後，一對對牽起彼此的手，隨著音樂開始轉起圈圈跳起舞來。

『♪紳士與淑女齊聚在，那一場舞會……』

「咦？演主角的原本應該不是這位吧？」

山路身旁的女生對他問道。

「嗯！……」

山路往台上仔細一看……真的耶！女主角原本聽說是在家庭餐廳遇到的那個肚子痛的女孩，但現在在台上的卻是啦啦隊隊長。

拓實的爺爺奶奶不曉得是不是沒注意到女主角作了更換，仍舊開開心心地看著表演。

然而一旁的泉卻非常失望地垂下了頭。

「……果然，還是不行啊……」

泉口中唸唸有詞，並且像是要把傳單上的便利貼藏起來似的抓到手心裡。

『♪翩翩起舞的長裙，彷彿紅色的魚兒，在宴會大廳盡情擺動尾鰭，自在地悠遊其中……』

儘管雙手因為緊張而發抖著，但是菜月的歌聲仍舊高亢清亮。

「唱得真不錯呢菜月……」

「但感覺還是有些生硬不自然啊……」

後台邊陽子和明日香小小聲地討論著。

『♪在這裡做什麼呢？』

『♪是王子殿下現身告訴我的……』

『♪唷嘿，多美麗的女孩啊，別只是站著看，跟我一起跳舞吧！』

『♪……不行呀！因為這都只是出於無端的妄想，奇蹟根本不存在。啊啊儘管如此，還是好想一起跳舞。將蒙上薄塵的舊鞋，換上玻璃鞋根，啊，雖然旋轉我做得不是很好，但是舞步可是很精湛喔。繼續做夢吧，永遠不要醒來，在這場令人憧憬的舞會上……』

『一直在窺探城堡的少女被發現了，受到跳舞的人們嚴厲的指責。』

賀部的口白解說再次傳來，舞台上，罪人們將菜月團團包圍。

『居然說很期待可以來參加這個舞會？說這種玩笑話真叫人困擾啊。』

『這裡不是城堡，而是處刑的場所，這些紳士淑女們都是罪犯，他們並不想跳舞但卻必須要一直跳下去，因為這是他們所受到的「處罰」。』

『像我就是必須連續跳舞跳五年，不跳不行！』

『我則必須要跳一輩子……腰已經好痛好痛好痛，與其這樣我寧願乾脆地死去！』

大樹從後台的布幕縫隙間看著舞台上的表演，並一邊運籌帷幄。

從目前狀況來看可以說是很棒的開場，就好像是一局下、無人出局一、二壘有人的局面。

站在他身邊正準備要上場的福島，把雙手放在胸前並充滿鬥志地喊了一聲「要上囉」！

大樹拍一拍福島的背推他一把，藉此代替激勵的言語。

「哇！我也好緊張喔！」

一旁的高村發出小小聲的悲鳴。

大樹的臉色沉了下來。

桌上放著他要扮成蛋哥的頭飾，一旁則是他的手機。手機不知道主人的期待，完全沒任何動靜地沉默著。

「……拜託你了，坂上，趕快把成瀨帶過來吧！」

在留有殘雪的路上，小小的腳印以一定的間隔往前延伸到禁止進入的柵欄裡面。

拓實停下腳踏車，肩膀因為喘息而上下起伏。他抬頭看著寂寥的汽車旅館。

跳下腳踏車，拓實沒有立起來而是直接讓它倒在地上。身後傳來腳踏車倒下的聲音。看來恐怕又得讓爺爺幫忙修理了。

走進停車場之後，拓實猶豫地看著四周，眼前是杳無人跡的禁地。

突然，拓實注意到，在薄薄的積塵上，有一道潮濕的腳印，方向是通往一扇微開的側門。

他全神貫注地向前跑去。

『♪好暗啊，什麼都看不到，就像電燈全都關掉一樣如此漆黑。人生好黑暗，每一天都如此跌跌撞撞。好黑暗啊，那麼就稍微，作點白日夢吧。好暗啊，就算是假裝的也沒關係，怎麼樣都想跳一次舞……』

舞台上，第二幕『沒有光的房間』登場了。

菜月、明日香及陽子呈現了美妙三重唱，搭配著悲傷沉痛的舞蹈。

『知道舞會的真相後，少女的決心有點動搖……但是就算回到家，她仍然必須獨自一人無所依靠，過著貧苦的日子。與其孤單地忍受這樣的生活，那還不如接受懲罰，到城堡裡去參加舞會——這變成了少女心中的願望……』

通過側門，進到後院走廊的正中央。

拓實左看右看仔細尋找著腳印。

「是往這邊吧……」

往走廊深處走去，四周幾乎全部都被黑暗包圍了。

他邊走邊從口袋將手機拿出來，利用手機螢幕的光來充當照明。

「已經這麼晚了……」

現在應該已經開演了。

地板老舊腐化，物品散落一地，拓實慎重地一步步走著，在漆黑的狹小通道中，藉著微光向前探索。

但是，如果找到順了，那到底該說些什麼好呢……？

腳印延伸至樓梯上方，盡頭處的一個房間開著小小的門縫，微光就從那縫中流洩而出。

打開門之後，眼睛一瞬間無法適應。

那看起來是個會客空間，大片的彩繪玻璃裝飾在牆上，還有一座旋轉造型樓梯，讓整個空間的感覺像是城堡一般。

再次踩著地毯往前走去，黑暗的走廊上，拓實注意到有個房間流洩出亮光。

於是他朝著那道光走去。

……找到了。

順直接坐在地板上，兩手自然垂放，頭則靠在床上。

房間裡靠內側的窗戶破掉了，也因此光線才能透過滿是灰塵的彩繪玻璃窗投射進來。

拓實屏住氣息，用手推開房間的門，跨一步進入房內。

「成……成瀨。」

不可能沒有注意到拓實的出現，但順完全沒有驚訝的樣子。

「……走吧，成瀨。大家都在等妳。」

順閉上原本半開的脣，接著開口說道：

「已經……回不去了。」

順說話時一切正常。

「成……妳……說話的聲音……」

拓實驚訝得呆愣住了，順則繼續說道：

「現在，表演應該已經開始了吧。」

拓實瞬間回過神來，慌忙說道：

「不，現在回去還來得及，大家都在想辦法先撐住場面。」

「不可能的……我已經沒辦法唱歌了。」

順將手機留在地板上，並抬起右手手腕遮住了臉。

「我的王子殿下，已經不存在了……」

「……成瀨……」

拓實想靠近一點，不料順立刻尖銳大喊：

「不要過來！」

「……」

「不要讓我這樣大叫！不然肚子又會再痛起來的不是嗎？」

順扭動身體，接著就這樣直接往側邊倒了下去。

「啊啊……說什麼把想說的話唱出來就好了，根本就沒用嘛！說話……心也一直在說話，所以根本就不行！」

順倒在地板上，像隻蝦一樣將身體曲成一團，並用雙手抱住頭尖聲喊著。

拓實只能站在原地向下看著順。

「就跟蛋哥說的一樣，我就是說得太多了，所以才會這麼倒楣……」

「！」

什麼亂七八糟的想法啊！真叫人感到生氣！

「妳說的蛋哥從一開始就不存在吧！」

「存在的！」

「不存在！」

「存在！」

兩人你來我往越來越激動。

「不存在！」

「要是不存在的話，我會很困擾的！」

順撐起上半身，雙眼泛紅。

「…………」

「把交流會的表演弄得亂七八糟的……把家裡也害得一團亂……」

順低著頭緩慢地站起來，露出抽抽咽咽的哭臉大喊道：

「如果不是因為我話太多的關係……那要怪誰！」

雙手抱著頭的順，搖搖晃晃的雙腳好像站不住似的，踉蹌地跌坐在床上。

「要算在誰的頭上才好啊！到底該怎麼辦才好啊！」

如此悲痛的吶喊，讓拓實聽了之後也只能呆愣在現場。

「……！」

想要找些適當的話語，然而就算往喉嚨的深處探詢，仍舊一句話都吐不出來。

『……不過，少女並不知道該犯些什麼樣的罪才好。這時，邪惡的妖精現身了，他們在少女的耳邊呢喃著。』

第三幕，『燃燒吧』，一開場就是穿著披風的邪惡妖精們，把少女團團圍住的畫面。

『吼，妳啊，是想要犯下罪刑對嗎？』

相澤指著菜月逼問。

因為事前發下豪語，信誓旦旦地說要讓大家後悔沒讓他演王子，或許是因為這樣，所以相澤展現出截然不同的熱情。菜月迫於對方的氣勢而顯得有些畏縮。

『是的沒錯。』

賀部的旁白讓菜月回過神來，她連忙抬頭望著舞台上方垂吊下來的城堡，並且攤開雙手。

『我想要跳舞！』

儘管清楚知道在城堡裡頭所舉辦的，是罪人們的舞會……就算是這樣，少女仍舊拚命地訴說。

『若是如此，那就得要犯下比那些罪人的更嚴重的罪行了！』

『沒錯！……例如說……』

相澤正在場上演出，因此代替他執行音控工作的，正是城嶋！

『♪伸手摸索口袋裡，找到一個火柴盒……』

岩木等人所扮演的妖精，每個人都照著練習時的動作，一分一毫都沒有出差錯。與其說是訓練有素，不如說是因為相澤在這段時間對於表演的要求太過囉嗦了。

『啵！』

在歌曲唱到一半時，相澤突然對著菜月喊了一聲。

相澤斜眼看著受到驚嚇的菜月，並且若無其事地繼續朗聲歌唱。

『♪明明沒有那麼寒冷，但妳還是點起了火。』

躲在舞台布幕後方的岡田和高村不禁擔心地面面相覷。

「那個『啵』一聲是什麼意思？即興演出嗎？」

「是因為他太過入戲了吧……」

興致高昂的相澤持續暴走演出。

『♪搖曳的火光中，浮現的是遠在他方的美好生活。舞蹈呀、喧嘩呀，荷葉裙擺飛揚，這場戀愛的遊戲將持續到天明。燒吧燒吧，全都燒毀吧！啵啵啵啵……啵啵啵啵……』

『♪唯一的入場券是罪行，而且必須是重大的罪。』

『♪寧可引火自焚，趁著怒氣放手去做。』

『♪不要遲疑、不要害怕，試著點燃火焰吧！在妳眼中，映著火焰的紅，妳就是最瘋狂的人！燒吧燒吧，全都燒毀吧！啵啵啵啵……啵啵啵啵……』

相澤帶頭領軍的妖精軍團，每個人都士氣高昂，舞台上演得異常火熱，但台下的觀眾卻一片靜寂。

「我看根本不是燃燒殆盡，而是太過寒冷而凍死了吧……」

坐在裡頭的大樹聽到岡田的評語，立刻回頭問道：

「喂！沒問題吧？」

儘管掛心，但因為他正在準備蛋哥的扮裝，所以也只能當作岡田是在開玩笑了。

「好了，別亂動！」

正在用眼線筆幫大樹畫上翹鬍子的小田桐，把雙手扶著蛋哥頭飾的大樹拉回來面向她。

「下一幕就輪到你出場了不是嗎？」

擔任化妝助理的栃倉輕輕瞪著大樹。

「相澤也用他自己的方式正在努力著啊。」

和陽子一起忙著換上路人服裝的明日香說道。

在後台，其他要飾演路人的同學，都已經著裝完畢準備登場了。

「可是……」

小田桐不再說任何話，只有將再次轉頭的大樹拉回來。

「我知道你很擔心成瀨，但大家也都是在充滿不安的狀況下持續努力著啊！」

相澤他們在舞台上全力以赴地唱著跳著，那股熱情已經感染了整個後台。

「不過，對我來說她來不來倒是都無所謂。」

栃倉語調輕浮地說。

「什麼？」

大樹聞言驚訝地把頭轉往栃倉的方向，小田桐第三次將他的臉扳回原來的位置。

接著，栃倉無比認真的聲音傳到大樹耳中。
「我的意思是，無論她來不來，該做的事情都一樣。最糟糕的不就是演出失敗嗎？如果真的搞砸了的話，我想成瀨應該會是最後悔的那一個。所以，無論如何，我們都非得要成功不可。」
明日香、陽子，以及所有扮演成路人的同學們，全都一臉驚訝地看著栃倉。
唯獨小田桐忙著化妝的手完全不曾停下。翹鬍子畫好了，她邊確認成果邊問道：
「真心話呢？」
妳看，大家都正看著妳呢。
注意到好朋友的提醒，栃倉有點不好意思地站起來繼續說道：
「都已經那麼辛苦地練習過了，不想白白浪費啊！」
「的確是。」
最先回應的，是有過甲子園前例的陽子。
「說得也是。」
「事到如今還說這些做什麼，都已經開始表演了呀？」
「對啊對啊。」
大家你一言我一語地交談著，氣氛自然地和緩許多。
——啊啊，我啊，還真的是什麼都沒發現呢。
大樹忽然露出了微笑。他望了一眼自己放在化妝道具旁的手機，那些道具的名稱和用途他幾乎都一無所知。

「坂上，成瀨的事情就拜託你了……」

表演持續進行。

『被妖精所說的話給騙了，少女在美麗的街道上放了一把火。然而，人們在恐慌竄逃之間，完全沒有人追究少女所犯的罪。』

菜月拚命對著慌忙急著逃跑的路人喊道：

『那個，我就是縱火的犯人！所以，請送我去城堡裡的舞會……』

『啊啊，好了好了知道了，妳先去旁邊等吧。』

菜月被撞倒，一屁股跌坐地上。被火海吞噬的街道，讓菜月被擠到了一旁。

『完全沒有被興師問罪，這讓少女感到絕望。此時，神祕的蛋哥再次現身了，並且開始教唆少女。』

頭戴雞蛋裝飾的大樹，來到菜月的面前，露出了目中無人的笑臉。

『像這樣的罪，就算是被懲罰了，夢想依舊只是夢想。聽好囉，在這個世界上最嚴重的罪行，是「用言語傷人」啊！』

第四幕，『word word word』。飾演少女的菜月，對著街上的人不斷說著惡毒的話語。

『♪你這個笨蛋！』

『♪吵死人了！』

『♪長得好醜喔！』
『♪離我遠一點！』
『♪你上輩子根本是條蟲吧！』

『♪你這個窮鬼！』
『♪別開玩笑了！』
『♪你根本沒有活著的價值！』
『♪你媽是個大胖子！』

『♪你滾開，別看我！』
『♪快來叫這傢伙閉嘴！他根本就是任性妄為的自私鬼！』
『♪你連呼吸空氣都是種浪費！』
『♪你那張嘴真叫人討厭，真想永遠把你的嘴塞住！』

『♪你太噁心了！』
『♪讓人困擾的傢伙！』
『♪太不合理了！』
『♪無法原諒！』

『♪讓人困擾的傢伙！』

『♪衰鬼退散！』

『♪我最討厭你了！』

『♪我也是！』

『♪快去死吧！』

『♪你這傢伙少廢話！』

『♪菩薩保佑你，快升天吧！』

「把這一切全都燒掉算了！」

坐在床上的順，抱著頭用盡全身力量吶喊著。

「我自己、我的心，還有我說過的話全都一起！」

好像是要吐出來似的，順弓著身體叫道。

「成……」

「要是不怪我說得太多，那我就不知道該怎麼辦才好了。到底該怎麼辦啊，我真的不知道了。」

「…………」

拓實握緊了拳頭，出生打斷了順。
「成瀨順！」
突然連名帶姓被呼喊，順驚訝地抬起頭來。
「……什、什麼啦！」
「妳的聲音，好可愛。」
「？」
怎麼說這個……然而，拓實的表情異常認真。
「多跟我說說話吧，說說妳內心真正的想法，都說給我聽吧。」
「什麼！你剛沒聽到我說的話嗎？」
順訝異地說。
「當然不行啊！話語……是會傷人的！」
說到後面變成喃喃細語，垂下頭，順的淚水從瀏海之間落下。
「我受傷也沒關係。」
「！」
順哭著抬起頭，迎上拓實真摯的眼神。
「受傷也無所謂，我想多聽一些妳內心真正的想法。」
拓實緩緩走進，接著在順的面前扶膝盤腿坐下。
「……成瀨。」

拓實的眼裡充滿誠摯的期待。

「……！」

順的表情頓時扭曲變形。

坂上拓實，你要對人好到什麼程度。但如果受不了了，永遠都有後路可逃，這樣的溫柔其實是很殘酷的。

順猛然站了起來，對著拓實喊了一聲「喂！」接著將他推倒。

「……咦？」

拓實一屁股跌坐地上，驚訝地看著雙手插腰站得直挺挺的順。

「……那我現在，就開始來傷害你……」

拓實點點頭，看來就像是已經有所覺悟。

「……嗯。」

順雙手重疊在自己的肚子前，灌注全身的力氣。

眼前這個人，不知道為什麼就是能夠了解順的想法。

這個人，總是會想要聽順的想法。

這個人，唱歌給順聽、看著卸下所有防備的順、將順想說的話傳達給大家知道……

大大地吸進一口氣之後，順猛烈喘著氣，從腹部深處大聲吼了出來。

「你這個假裝溫柔的卑鄙小人！有時候甚至會從你身上聞到狐臭的味道！」

儘管一瞬間被嚇倒了，但拓實很快地爬起來，挺直了背重新坐好。

「……嗯。」

「長得也沒有多帥，只不過會彈些鋼琴就誤以為自己很受歡迎，你根本是個騙子！」

「嗯……」

「老是會說一些曖昧的話，結果只是個愛耍帥的傢伙！」

「嗯。」

「還有！那個……」

說著說著，順停頓了一下。

——但是，不管了！就說出來吧！順再吸一口氣，使出更多力氣吼著：

「那個女人！那個女人也一樣有罪！滿嘴謊話，只會在人前裝好人！那樣的人最爛了啦！」

「……嗯。」

提到菜月的時候，拓實稍微頓了一下，不過還是馬上點頭回應。就像一開始所約定好的那樣，他要好好地把所有的話都聽完。

「還有……還有……還有……」

「……還有？」

「已經……沒有什麼要說的了。」

「……真的嗎？」

「沒有了！」

順就像是小孩子在發脾氣似的喊道。

「這就是全部了嗎？」

拓實探問。

順咬緊牙根，用手腕不停拭淚，接著再次抬起頭叫道：

「名字！」

「……什麼？」

「剛才，你叫了我的名字！但是我，還沒有叫過你的名字！」

聽到之後拓實愣了一下，但很快地就露出有所覺悟的表情，並把眼睛閉了起來。

「……妳叫吧。」

「…………」

順慢慢地張開嘴巴，小小地吸進一口氣。然後，小小聲地，開始叫著。

「坂上、拓實……」

「嗯。」

「坂上、拓實……」

「嗯。」

「坂上、拓實……」

「嗯。」

「坂上、拓實……」

叫著叫著，力道慢慢增加。

「坂上拓實！」

順像是要跳起來似的大喊！

「嗯……」

拓實突然靜下來，順也有點訝異。

「咦……？」

是錯覺嗎？

……並不是。

一道筆直的淚水，從拓實眼睛落下。

「啊……我這是怎麼了？」

拓實自己也很驚訝，連忙用手擦拭著眼淚。

順默默地低著頭，拓實則緩緩地開始說道：

「其實，我啊，跟成瀨一樣。雖然平常會說話，但不知道什麼時候開始就養成了不吐露內心真實想法的壞習慣了……」

聽到爸媽令人難以忍受的爭吵，就轉大音樂的音量把吵架的聲音阻隔在外。

在約定好的地方等著菜月，但對方卻遲遲沒有現身的時候，媽媽說著「對不起」的時候……就連被菜月說「並不是這樣喔」的時候也是如此。「沒關係，不要在意。」拓實會在心底這麼對自己說。

當時，菜月鼓起勇氣靠了過來，拓實仍背對著她，沒有回應。

「然後我開始覺得，內心深處已經沒有什麼真正想要向其他人訴說的事情了。但是，遇到成瀨之後……雖然妳平常都不講話，但其實妳有很多事情想要傳達出來……」

順屏息聽著拓實口中緩緩吐出的話語。

「妳讓我覺得，我啊……怎麼說呢……我的內心也還有很多想表達的想法。想要說的話，其實還有很多很多不是嗎……」

就跟順一樣。會傷人的話語、內心想說的話語，全部都封印在雞蛋裡頭。玉林寺的雞蛋，裡頭一定塞滿了很多很多像這樣的話語。

日光穿透彩繪玻璃投射進來，在空中飛舞的塵埃反射著光。

「……能夠認識順，我真的很開心。」

拓實邊說邊站了起來，單手放在胸口，直直看著順誠摯地傾訴著。

「多虧了妳，讓我察覺到許多事情。」

「……！」

全部都是，妳造成的，不是嗎……小時候父親所說過的話，突然浮現在順的腦海。

「……多虧……了我嗎？不是我害的？」

順膽怯地說。

「對啊！所以蛋哥根本就不存在！」

「……咦？」

「因為，那傢伙所說的話都是騙人的！因為，我……」

拓實像是在尋找適當的語言似的，把臉轉向一邊，接著再次抬起頭。

「聽了妳所說的話，變得很開心！」

順的眼睛睜得大大的。

「……我的……」

拓實的話語，滲入全部一吐無快之後變得空蕩蕩的心房，溫柔的感覺瞬間滿溢。

而順的話語看來也讓拓實有同樣的感覺……

順的眼睛濕潤，映照在彩繪玻璃上的蛋哥剪影，開始劇烈地搖晃起來。

蛋殼在順的腳邊碎裂滿地，插著羽毛的帽子在半空中飛舞，隨後啪地掉在蛋殼上。

「所以……」

拓實正要繼續往下說，但順開口打斷。

「我也，因為坂上的關係……」

「咦？」

「因為坂上同學……還有仁藤同學、田崎同學，因為有你們……所以我才……」

順十指緊握交扣。

我到底做了什麼……天啊，我到底做了什麼呢。

直到現在順才驚覺自己的所作所為到底影響有多大，她緊緊閉上了眼睛……就在這個時候……

「走吧。」

拓實開朗地說。

「大家都在等喔。大家都在等著妳。」

拓實把手伸向順。

「…………」

順把手舉起來，但好像想起了什麼似的停下了動作。

「我……我還有一件事想說。」

「嗯？」

順眼神堅定地說：

「我，喜歡你。」

順突然的告白讓拓實驚訝地停止了動作。

不過，稍微垂下眼睛思考了一下之後，拓實又再次以認真的表情看著順，同時回答道：

「謝謝妳，但是我已經有喜歡的人了。」

順的表情不自覺地扭曲變形。儘管早已知道答案，但心還是會痛。

「……嗯。」

順深深地點了點頭，接著露出喜極而泣的表情，她邊將手往拓實的方向伸去邊說道：

「我早就知道了。」

然後，順緊緊地握住拓實向她伸出的手。

外頭的天空，厚厚的雲層已經散開，露出了晴朗的藍天。

※

「喂！田崎！你的手機亮了。」

枥倉對著站在舞台右手邊布幕後方準備進場的大樹喊道。

「什麼？」

大樹放在化妝道具間的手機，現正一閃一閃地提示著有電話打來了。

站在一旁的小田桐把大樹的手機拿起來一看。

「啊！你看！是坂上打來的！」

「趕快拿來！」

大樹將手機從小田桐的手中拿過去，接著急忙接起來。

「坂上嗎？……找到了？」

「咦？找到成瀨了嗎？」

明日香驚訝地轉頭看著大樹。

「但現在該怎麼辦啊？都演到這裡了……」

陽子看來有些不安。

回到二樓音控室的相澤，也收到了拓實傳來的訊息。

「小拓帶著成瀨正往這邊趕來了！」

賀部露出開心的表情。

在舞台左手邊的布幕後方，負責服裝的渡邊也趕快跟大家說這件事。

「現在要把仁藤換下來嗎？」

「但是表演都已經超過一半了呀？」

飾演罪人的三上和演出假王子的福島面面相覷。

「真的嗎？小拓要過來了嗎？耶！」

聽到可以不用演出王子，岩木自己做出了勝利的姿勢。

「之後能出場的……」

小田桐和栃倉討論著。

焦急地掛斷電話之後，大樹的臉藏不住不安的神色。

「這樣不是正好嗎？」

城嶋從更衣室的入口現身。

「什麼正好？」

看著自己的導師手拿手電筒從臉的下方打亮自己的臉，小田桐表情不禁扭曲起來。

城嶋笑嘻嘻地說道：

「接下來會有『少女內心的歌聲』不是嗎？」

音樂劇終於進入尾聲。

始終低著頭的泉，像是再也忍不住了似的閉上了眼睛。

她粗暴地將橘子塞進包包裡，抓著外套打算站起身離開。然而她的手，卻被一隻皮膚皺皺的手按住。

拓實的奶奶溫柔地看著泉。

在奶奶的後方，爺爺緩緩地說道：

「就再多看一下吧。」

「對啊。小順，還有我們家的小拓，都非常努力地做了準備呢。」

奶奶露出微笑。

「…………」

泉失神地移開視線，但仍舊坐回椅子上。

『少女把所有想得到的壞話全都說出口了，但卻還是沒有被興師問罪，只有被大家嫌惡、遭到排擠，震驚之餘，少女發現自己的聲音已經離她而去。』

第五幕，『我的聲音』。在舞台的正中央，追蹤燈集中在菜月身上，她痛苦地壓住自己的喉嚨。

『蛋哥邪惡的笑聲從一旁傳了過來……』

『哈哈哈哈哈哈……』

飾演蛋哥的大樹就站在菜月身後，用極大的音量狂笑不止。

『說不出話來了吧！這就是給妳的懲罰！』

大樹繞在菜月身旁踱步走著，最後停在她的側邊，並用手指著她。

『大家都希望妳再也說不出話來！』

聽到這句台詞，泉驚訝地抬起頭來，接著慌亂地用手摀住了嘴巴。

不是的……我並沒有期待這樣的事情……眼淚盈眶，肩膀小小地顫抖著，此時，前奏開始了。

大樹下巴用力地點了點，好像是在說「拜託了」……

菜月以祈求的姿勢閉著眼睛，下一瞬間……

『♪再見了，我的聲音……』

清亮的歌聲響徹體育館。

難道……泉驚訝地睜開眼。

『♪朝著沉睡在那座山前的湖泊而去。』

體育館的大門打開了——

披著白布、打著赤腳的順，邊唱歌邊從正中央的走道緩緩走了進來。

『♪不想說出，會傷害人心的悲傷話語，只好流著眼淚選擇離開。』

菜月和大樹的臉上，不禁都流露出安心的欣喜表情。

來賓的視線全都受到吸引，但沒有人提出任何疑問，一起看著順從正中央走道一步步前進。

菜月發自內心地感到開心。

拓實帶著順正趕過來了……表演到一半時，在舞台的布幕後方跟菜月說這個消息的，是渡邊和岩木。

菜月立刻熱淚盈眶，陌生的演出所帶來的疲勞感也全都一掃而空。

她回到舞台的中央站著，雙手壓著喉嚨好整以暇地等待順的到來。

『♪早安、午安、你好嗎……像這樣日常的寒暄話語，現在卻無比懷念。』

順一路唱著歌，並在追蹤燈的帶領之下登上了舞台，走進燈光之中。

負責燈光的三嶋和田中兩人就連呼吸的步調都幾乎一致，稱得上是完美演出。

大樹在心中作出了舉臂振奮的動作，對自己喊了一聲「太好了！」這時候，舞台布幕搖晃了一下。

拓實從布幕之間冒出頭來，搜尋著順的身影。接著，他鬆了一口氣似的與大樹四目相交，大樹也強力點頭回應。

『♪我的聲音消失了，大家都很開心，因為大家都很討厭，我所說的每一句話……』

泉呆若木雞地低著頭，聽著順所唱的歌曲。

女兒的歌聲慢慢接近，接著經過了她的身邊。

緩緩抬起頭，蓄在眼底的淚水終於撲簌簌地流下，在膝蓋上交握的手中積成小水灘。

在體育館後方的門邊，明日香和陽子心滿意足地看著舞台的表演。

拿著白布在體育館的玄關焦急地等待著順抵達的，就是她們兩個。

『少女心底的歌聲』這一段表演，原本的設定是讓不能講話的少女順留在舞台上，然後菜月在後台唱歌。

「讓順在歌聲中登場，邊唱邊走出來不是很好嗎？」

城嶋的提議，如今也順利地進行中。

「心中的聲音登場？」

「等等？那這樣不就會有兩個少女在舞台上了嗎？」

儘管明日香及陽子對此表示反對，但城嶋仍舊堅持己見。

「沒問題的。因為音樂劇啊，就是在創造奇蹟的不是嗎？」

拓實換好王子的服裝之後，完成演出的大樹總算下台來了。

頭戴蛋哥造型的頭套，等了好一會兒才終於對著拓實點點頭。

再次看到大樹，拓實忍不住噴笑出聲，隨即慌忙地用手摀住嘴巴。可不能讓無謂的笑聲毀了台前的表演啊！

——即使如此，還是不得不說，小田桐她們真的把蛋哥畫得很到位。

強忍著笑意的拓實，身體不停顫抖著，大樹在一旁狠狠瞪視著他。

『♪在嗚嗚咽咽的哭泣聲中，我的聲音已經遠離，被留在原地的我，再也無法哭泣……』

順邊唱著歌邊站上了舞台。

菜月就這樣用手壓著喉嚨，看著登上舞台的順。

一直都垂著雙眼的順，終於揚起臉，直直地迎向菜月的視線，並朝著她走去。菜月微微地點點頭。

兩人並肩站在舞台中央，一起面向前方。那一瞬間，歌曲漂亮地收尾，燈光立即暗下，現場只剩下旁白的聲音。

『就這樣，失去聲音的少女，一個人漫步在森林裡，最後終於在絕望中倒了下去。幸好，當下有一位王子剛好經過，幫了少女一把……』

將菜月留在舞台上，順自己回到了後台，朝著打扮成王子的拓實走近。在帶有些微緊張的氣氛下，拓實將雙手舉到了胸前。

順也怯生生地把手舉起來時，拓實就啪地一聲跟順擊掌，就像是在宣告著「輪到我上場囉！」接著便走上了舞台。

『哎呀，這位小姐，妳怎麼了嗎？什麼？妳的聲音被蛋哥……』

在體育館的入口處，拓實用強而有力的眼神目送內心惶惶不安的順登上舞台。

而現在，順心想自己應該也有好好地用自己的雙手把拓實送上舞台吧……

順一直盯著自己的雙手看。

「成瀨！」
陽子喚了順一聲，然後突然就跑過來將順抱在懷裡。
其他班上的同學，就站在她的身後。
「成瀨，真是太好了！」
「對啊，這種華麗的登場方式還真是有趣。」
大家你一言我一語地對著驚魂未甫的順說著話。
「不過，真的是太好了呢。」
「雖然是有點不安啦。」
「大家都很擔心吧？」
「但是說起來，妳真的很勇敢呢。」
大量的溫柔話語緊緊包圍著順，讓她的淚水立刻溢出了眼眶。
「成瀨！」
小田桐走進後台，把手電筒照相順。
「趕快過來化妝。」
「我說妳啊，千萬不能哭啊！不然妝會上不了的！」
手裡還抱著化妝用具的栃倉慌張地說著。
手電筒的光一照，讓順稍微頓了一下，此時大樹說道：
「成瀨，馬上又該妳出場囉，要好好努力堅持到最後唷，拜託妳了。」

「……我……給大家……添麻煩了……」

聽到順在說話，大家全都睜大了眼看著她。

「……但是……」一時語塞的順把頭低了下來，現場所有人則靜靜地守護著她。

陽子揭起順身上所披的黑布，溫柔地幫她擦乾眼淚。她說：

「哎呀，不是說了不能哭的嗎？要演到最後的不是嗎？」

「……！」

啊啊！原來蛋哥什麼的，真的不存在。

是我自己——給自己施加詛咒的！

蛋哥，就是我自己。

把自己封閉在蛋殼裡面，就我自己一個人……

順看著陽子，扎實地點了點頭。

「好！那趕快過來吧！」

小田桐說道。

「渡邊，服裝！」

「好！」

真是太好了，成瀨……大樹鬆了一口氣，把頭再次轉回舞台上，臉上的表情不再緊繃。

『啊哈哈哈哈，妳還真是一個有趣的人啊。』

菜月手舞足蹈地對著扮成王子的拓實拚命訴說，而王子則牽起了她的手。

『少女對王子說「我內心有想要表達的想法，但卻沒有辦法說出口。」王子聽了之後像是要融化少女的心一般，說了許多溫柔的話語。』

第六幕，『在蛋殼裡面究竟有什麼呢』旋律揚起，拓實和菜月一邊跳舞一邊歌唱著。

『♪獻給蛋哥吧，beautiful words，把話語都獻給上來吧。在雞蛋裡頭，有搞笑的蛋白，還有怪異的蛋黃。不行不行，才不是這樣，如果弄破的話，那所有的一切都將化為烏有。搭著我的手掌，輕輕地把話說出口看看吧。將藏在心中的祕密，將妳真實的情感，化作語言說給我聽吧。』

拓實看著菜月，把自己的想法融入歌詞中認真地唱著。

『♪快樂的、開心的、奇怪的、可愛的、害羞的；悲傷的、憎恨的、令人妒忌的、愚蠢的、痛苦的……所有的願望與祈求混雜在一起，化成聲音迴盪不已，在屬於妳的世界裡……』

舞台再次暗下，旁白繼續說道：

『和王子相遇之後，少女心中開始有了屬於愛的語言。然而，對於沒有辦法說話的少女來說，根本就沒辦法把愛的感受傳遞出來。就在這時候，發生了王子殿下險遭暗殺的恐怖事件，在邪惡的蛋哥精心策畫之下，少女竟被視為暗殺未遂的犯人。因為無法出聲替自己辯解，因此無法解開誤會，少女就這樣被所有從以前到現在被她傷害過的人們抓住，並且還遭宣判即將處以極刑！』

第七幕，『無法叫喊的心』登場了。
聚集圍觀的每個人，都激動地責怪在斷頭台前方的少女。
『在舞會上跳舞這種溫吞的處罰可不行，妳應該要被斬首示眾！』
『有什麼要辯解的就趕快趁現在說出來吧！說吧說吧，快一點！』
『父王，請您叫大家快停止這樣的行為。』
拚命想要保護少女的王子，向國王提出請求。
『吾兒啊，已經演變成眼下的情況，我也沒辦法阻止人們了。』
『怎麼會……』
『♪無法叫喊的心，儘管清楚知道自己有想向這世界表達的想法，但可惜已無法傳達了，因此，其他的任何言語也都已經不需要了。』
站斷頭台前方的少女呼喚著王子。
『少女啊！……快對大家說啊，把自己內心的想法大聲說出來啊！』
『就在這時候，少女的眼裡撲簌簌地烙下了珍珠般的眼淚。少女的眼淚滲入大地，淚水將幫助種子發芽、開出花朵，並讓鳥可以再次飛翔——已經封閉起來的想法，透過花朵和小鳥來歌唱……』
『♪發自內心地呼喊看看吧，用毫無所懼的聲音，讓專屬妳自己的言語，在這個世界發光發熱！』
不知道從什麼時候開始，台下的來賓全都被這個故事所吸引，每個人都專心致志地看著舞台上的表演。

『知道少女本意的人們，原諒了少女所犯下的罪，接著，這個世界就對少女唱起了歌……』

旁白說完最後一句台詞，在最後一幕要演唱的『發自內心的呼喊』以及『呼喚你的名字』兩首歌曲也開始了。

賀部用眼神給了個暗示，城嶋便敲擊滑鼠。

總算將負責的工作做完的賀部，大大地鬆了一口氣，並將麥克風的電源關掉。

「好了，現在就要進入最後的部分了，去吧。」

賀部點點頭後起身離開，而城嶋也探出身體從上方往下看著舞台。

「……那麼接下來……」

在舞台上……

靜靜地看著彼此的菜月和順，同時張口高歌。

『♪發自內心的呼喚，在你身邊所看到的世界。』

『♪我會呼喚你的名字，呼喚著如此溫柔的你。』

拓實所選擇的「悲愴」及「Over The Rainbow」，兩首旋律優美的歌曲交織融合在一起。

大樹及拓實，分別從左右兩邊出來，走向舞台中央的兩人。

緊接著，其他所有參與演出的同學們，依序魚貫地重登舞台，並整齊排列。

背景是以春天為意象，顏色非常漂亮的布幕。

順一邊歌唱，一邊開心地來回看著台上的好夥伴們，最後，她的目光停留在觀眾席上。媽媽也來了。

察覺到順正看著自己，泉立刻點了點頭，向順表示「我有好好地看著妳的表演喔」。

這個瞬間的微妙互動，正在唱歌的拓實等人全都看在眼裡。

看到一旁的泉用手帕擦拭著眼角的淚水，拓實的爺爺奶奶都露出了微笑的表情，笑笑地看著對方。

『♪一切都是如此美麗，無論過往多悲傷，無論流過多少淚。』

『♪是你教會了我，這個世界是如此美麗。』

大家都配合著順和菜月的歌聲一起合唱著。

『♪我會大聲呼喊著，與你相遇之後才油然而生的這份情感。』

『♪我會擁抱，這個世界，擁抱所有一切的一切。』

所有屬於我的言語，所有我想說的話，化成歌曲唱出來時，情緒便更是加深，淚水就快要奪眶而出了，順趕緊慌忙地抬頭向上。

大樹更加大聲地唱著。

拓實和菜月也朝向前方持續唱著。

終點就在前方不遠的地方了。

順假裝雙手都要舉起來，藉以巧妙地將眼淚擦乾。

——沒問題的，我可以一直一直，唱到最後。

手放下來之後，順和菜月看了彼此一眼，然後接下來只有她們兩個人分別向前走去。

『♪我深愛著這一切。』

『♪我深愛著你。』

後方的拓實和大樹也互相用眼神交流。

所有人一起唱著最後的幾句歌詞。

『♪因為這個世界，是你給我的——』

『♪我真的非常愛你——』

兩首歌，在同一時間畫下句點。

體育館內恢復成一片靜寂，連一聲半聲的咳嗽都沒有。

隔了一會兒，稀稀疏疏的掌聲開始傳來——正當這麼想的時候……

「哇哇哇哇哇哇哇哇……！」

如雷貫耳的掌聲及歡呼聲爆開來，讓整座體育館彷彿都搖晃了起來。

率先用力鼓掌的山路。

邊流淚邊用力拍手的泉。

拓實的爺爺和奶奶微笑地獻上掌聲。

在二樓音控室的城嶋也拍著手，讚許學生們真的做得很棒。

這些掌聲，都要獻給舞台上所有傻愣在現場的同學們。

順閉上眼睛，仰頭向著天空。

在她的臉上慢慢地浮現出笑容。

那種剔透爽朗的笑容，是不會輸給秋季的清澈天空的。

※

辦公室的大叔將「地方溝通交流會」的看板拆下來，就這樣橫抱著離開了。

直到明年再次舉辦之前，看板都得收在倉庫裡頭。

「收拾乾淨、恢復原狀，也是交流會主辦方的責任喔～」小嶋雙手向上伸了個懶腰，然後丟下了這麼一句意味不明的話語。

大道具、小道具、用拖把將垃圾推走，然後拍攝紀念照片。表演結束之後還有非常多細項工作需要執行，但二年二班每位同學臉上全都掛著滿足的笑容。

拓實和菜月在體育館外頭擰乾抹布，大樹在一旁杈著腰對他們說：

「我要去跟成瀨告白。」

停頓了一拍之後，兩人同時間發出驚呼。

「……什麼？」

「……咦？」

大樹說的，並不是「我去幫成瀨倒垃圾」這類的話語。

「我下個禮拜就要開始投入練習了，若是如此之後就沒有太多空閒的時間了。」

「所以，現在就要去告白？」
菜月感到有些訝異。
「嗯。」
真不愧是決定了就立刻展開行動的「自我流」真男人！
「嗯，是啊。所以我可以離開一下嗎？」
拓實苦笑地站了起來。
「還有很多整理的工作要做，所以一定要回來喔。」
「……嗯。那麼，我去去就來。」
這個大光頭臉上露出些微害羞的表情，跑著離開了。
總是以直球決勝負的大樹，想必會認真地告白吧。可以想像得到順想必會眼睛睜得大大的，整張臉變得漲紅。
「……田崎還真是厲害啊。」
「……嗯。」
菜月看著大樹的背影目送他離開，而拓實則看著菜月。
——我也不能輸啊！
「仁藤……」
「嗯？」
「那個，先前妳說不想聽了的那件事情，我現在可以繼續說了嗎？」

菜月的臉瞬間染上紅色。

「不行。」

菜月用雙手拿起抹布遮住自己的臉，說了拒絕的話語後倏地轉過身背對拓實。

「咦？」

「你這樣感覺好像是在搭田崎的順風車，所以我不要。」

「……不，不是這樣……」

該怎麼說才好呢？拓實用手摀住嘴巴思考著。

菜月把臉了轉過來。

「但是……」菜月垂下眼睛說著。「下次好好說給我聽吧。我也會……好好地回答你的。」

「嗯。」

「也不可以選在體育館之類的地方，至少要到有美麗夕陽的海邊……」

「這附近只有山啊……」

「是、是這樣沒錯啦。好了，趕快回去繼續打掃吧！」

菜月匆匆地走回體育館。

「………」

有個人，想聽自己的內心話；有個人，會好好地給一個答案。可以這樣真好啊，像這樣把內心深處的話語都說出來……

拓實露出微笑，向前邁開全新的步伐。

把垃圾全都清乾淨之後，交流會的任務就算是圓滿完成了。這麼一想，反而會連一張紙都覺得可惜而捨不得丟。

順還在發著呆。

……媽媽，拚命地在鼓掌。

光是有來看表演，就讓順覺得非常開心了。

回到家之後，試著和媽媽聊聊看好了。

跟媽媽說，好想再吃妳煮的好吃玉子燒喔！

不說話或許就不會傷到任何一個人，但是，也不能讓任何一個人變得幸福。

總有一天、總有一天……也想要好好了解爸爸的想法。

「成瀨……」

突然聽到自己的名字被叫到，順轉過身去，站在面前不斷喘著氣的，正是大樹。

「……怎麼了？」

認真的表情，令人意外地站得直挺挺的，到底有什麼重要的事呢……

「那個，成瀨，請跟我……」

成瀨的臉變得紅通通的同時，一陣風咻地吹過他們之間。

滿地的枯葉，在此刻一起乘風飛舞。

繽紛的落葉之中，彷彿也看見了裝飾著羽毛的寬沿帽，不過很快地消失在半空中。

——在雞蛋的裡頭，究竟有什麼呢？
裡頭封存了各式各樣的心情，
直到再也裝不下，
徹底爆發開來。
我們所生存的
這個世界啊，
比我們所想像得還要美麗……

【END】

本書是根據「好想大聲說出心底的話。」動畫電影的腳本進行改寫的小說化作品。

嬉文化

小說・好想大聲說出心底的話。

（原名：小説 心が叫びたがってるんだ。）

作者／豐田美加　原作／超平和BUSTERS　譯者／李喬智
發行人／黃鎮隆　副總經理／陳君平
副　理／洪琇菁　國際版權／黃令歡
執行編輯／呂尚燁　美術主編／李政儀
企劃宣傳／邱小祐
出版／城邦文化事業股份有限公司 尖端出版
台北市中山區民生東路二段一四一號十樓
電話：(〇二)二五〇〇七六〇〇　傳真：(〇二)二五〇〇二六八三
E-mail：7novels@mail2.spp.com.tw
發行／英屬蓋曼群島商家庭傳媒股份有限公司城邦分公司 尖端出版
台北市中山區民生東路二段一四一號十樓
電話：（〇二）二五〇〇－七六〇〇（代表號）
傳真：（〇二）二五〇〇－一九七九
中彰投以北經銷（含宜花東）／楨彥有限公司
電話：（〇二）八九一九－三三六九
傳真：（〇二）八九一四－五五二四
雲嘉經銷／智豐圖書股份有限公司　嘉義公司
電話：（〇五）二三三－三八五二
傳真：（〇五）二三三－三八六三
南部經銷／智豐圖書股份有限公司　高雄公司
電話：（〇七）三七三－〇〇七九
傳真：（〇七）三七三－〇〇八七
一代匯集／香港九龍旺角塘尾道六十四號龍駒企業大廈十樓B&D室
電話：（八五二）二七八三－八一〇二
傳真：（八五二）二七八二－一五二九
馬新經銷／城邦（馬新）出版集團　Cite(M)Sdn.Bhd.
E-mail：Cite@cite com my
法律顧問／王子文律師　元禾法律事務所
台北市羅斯福路三段三十七號十五樓
二〇一六年十二月一版一刷
二〇二〇年十二月一版六刷

■中文版■

郵購注意事項：
1. 填妥劃撥單資料：帳號：50003021戶名：英屬蓋曼群島商家庭傳媒(股)公司城邦分公司。2. 通信欄內註明訂購書名與冊數。3. 劃撥金額低於500元，請加附掛號郵資50元。如劃撥日起 10～14日，仍未收到書時，請洽劃撥組。劃撥專線TEL：(03) 312-4212 ・ FAX：(03) 322-4621。E-mail：marketing@spp.com.tw

國家圖書館出版品預行編目資料

小說好想大聲說出心底的話 / 豐田美加 著 ; 李喬智 譯 .
--初版. --臺北市：尖端出版,
2016.12 面 ; 公分.--(嬉文化)
譯自:小說·心が叫びたがってるんだ。
ISBN 978-957-10-7027-8(平裝)

861.57 105018820